누님과 함께 알바를

누님과 함께 알바를

1쇄 발행일 | 2021년 02월 22일

지은이 | 박인
펴낸이 | 윤영수
펴낸곳 | 문학나무
편집 기획 | 03085 서울 종로구 동숭4나길 28-1 예일하우스 301호
이메일 | mhnmoo@hanmail.net

출판등록 | 제312-2011-000064호 1991. 1. 5.
영업 마케팅부 | 전화 | 02-302-1250, 팩스 | 02-302-1251
ⓒ박인, 2021

ISBN 979-11-5629-115-2 03810

박인 스마트소설

누님과 함께 알바를

문학나무

발 없는 말

구구절절 길게 쓸 필요는 없다. 짧은 꿈처럼 지나가는 생이 아닌가. 모두 숨 막히게 질주하면서 사라진다. 짧은 순간은 사라지면서 각자 다른 빛을 낸다. 이 발광을 아주 황홀하고 강렬하게 포획한다. 고통을 느꼈던 살이 발리고 남은 뼈가 스마트소설의 매력이다. 발린 살은 먹기 좋다. 오물거리며 가볍게 읽고 가시를 찾아야 한다. 살점 같은 글 속에 나름 박혀있는 가시가 있다고 믿는다. 머리가 아니라 발품을 팔아 소설을 쓰고 싶었다. 발은 평생 주인이 시키는 대로 진솔하게 일하기 때문이다.

 여기 실린 33편 소설들은 스마트폰으로 읽기
좋은 분량이다. 실제 포털에 연재했거나 기발표
한 작품들을 모은 스마트소설 모음집이다. 딴엔
가시니 뭐니 했지만 그냥 재미가 있으면 그만인
것이다. 발 없는 말들을 우선 독자들에게 바친다.

2021년 벽두에
박인

차례

작가의 말 _ 발 없는 말   004

끝섬   009

흑백인간   017

후추나무   025

너 자신을 알라   034

보스 Super Boss   040

B-52   045

점쟁이 Fortune-Teller   049

아버지   055

그날의 흑진주   063

고비 주막   071

빨강 빵모자   081

벌꿀 Honey   089

호텔 파라마타   095

해부학 교실   103

가는 길   110

유령 Ghost   117

얼음공주 Ice princess   122

구두 한 켤레　　127

그날의 나타샤　　135

그날의 두통에 관한 소견　　143

누님과 함께 알바를　　153

매일 맞는 남자　　161

울보 Crying baby　　169

미스 지아이 Miss GI　　175

봄날 오 분　　181

사운드 오브 사일런스　　189

엘도라도 El Dorado　　196

왕녀 Princess　　202

청년 오포 100대1 구직기　　207

토카타와 푸가 BWV565　　215

한국은행권 수난사　　221

호모 스크리벤스　　229

성처녀 Virgin　　237

그날 그 섬 절벽 끝에 죽으러 온 여자가 피사체로 서 있었다
새벽이 올 때까지 파도 소리와 바람소리를 들으며 나는 잠을 못 이루었다 _ 박시우 사진

끝섬

끝섬

가거도는 말 그대로 살 만한 섬이었다. 약수가 흐르는 아름다운 난대수림을 거느린 독실산은 해무에 묻히곤 했다. 그날 그 섬 절벽 끝에 죽으러 온 여자가 피사체로 서 있었다. 민박집에서 어제 얼핏 본 삼십대 여자였다.

소흑산도 등대로 가는 길은 폐가 몇 채를 지나 높은 바람벽에 둘러싸인 윗마을을 지나야 했다. 인적 드문 마을을 지나고 아찔한 낭떠러지 길을 걸어 오르면 후박나무숲이 나타났다. 어두컴컴한 숲을 빠져나오자 하얀 등대가 솟아 있었다.

나는 뙤약볕이 내리는 등대에 올라 바다를 바라보며 사진을 찍었다. 등대 아래 백 미터 남짓한 절벽이 솟아 있었고 그 끄트머리에 여자가 해를 마주 보고 있었다. 일몰을 앞둔 오후, 섬 바람에 그녀 머리카락이 흩날렸다. 주춤주춤 절벽 끝으로 여자는 발을 옮기고 있었다. 낙화하기 직전이랄까. 긴장감이 흘렀다. 늦기 전에 나는 사진기를 어깨에 메고 여자에게 다가갔다.

"잠깐 기다려요."

나는 그녀를 불러 세웠다.

"거기 그대로 잠깐만."

여자가 돌아보았다. 내가 급히 어깨를 붙잡은 탓에 놀란 여자는 내 팔을 잡았다. 바람이 내 얼굴을 때렸고 얼핏 나는 그녀 볼을 타고 흐르는 눈물을 보았다. 해는 수평선으로 기울어 구름을 붉게 물들였다. 그녀는 인생에 마침표를 찍으러 이 섬으로 들어왔던 것일까.

우리는 말없이 석양의 장관을 바라보다가 등대가 있는 절벽에서 내려왔다. 나는 여자를 건넌방으로 들여보냈다. 그녀를 부축하고 낭떠러지 길을 살펴오느라 지친 나는 초저녁 단잠이 들었다.

"주무시오? 밥 묵어야지."

나는 주인아저씨가 문을 두드리는 소리에 깨어났다. 저녁을 매식하기로 한 것을 잊고 잠이 든 것이었다.

"아따, 죽으면 잠만 디립다 잘 것인디 먼 잠을 그리 잔다요."

주인아저씨가 타박했다.

"죽으면 아무것도 남지 않는당께."

내게 남은 것은 섬에서 보낼 사흘이라는 시간뿐이었다. 내일이면 섬을 떠나야 했다. 마당에 놓인 식탁에서 나는 여자를 다시 만났다. 여자는 고개를 숙인 채 밥을 먹었고 나와 눈을 마주치지도 않았다. 나도 왠지 말 붙이기가 서먹했다. 서둘러 저녁을 먹고 내 방으로 돌아왔다. 잠시 후, 여닫는 건넌방 문소리가 들렸다. 나는 달빛이 흔들리는 밤바다를 내려다보았다.

파도 소리를 머리맡에 두고 누웠다. 무엇을 하고 살 것인가. 새벽까지 여러 가지 생각들이 머릿속을 헤집었다. 해기사가 되어 외항선을 탈까, 일용직 막노동판을 기웃거릴까, 사무직으로 되돌아갈까. 이럴 줄 알았으면 공무원이나 될 걸.

나는 지난 시간을 되짚었다. 군대 있을 때 장기 부사관으로 눌러앉을 걸 그랬나, 아니면 경찰관 시험을 그때 준비할 걸 그랬지. 그 많은 기회를 차버리다니. 어리석은 놈, 평생 남의 밑에서 벗어나질 못하는구나. 나는 자리에서 일어나 앉았다. 건넌방에서 여자 우는 소리가 들렸다. 파도 소리에 섞인 울음은 이어지다 끊어지곤 했다.

여자도 살아갈 의욕을 잃은 걸까. 그래서 외딴섬에서 생을 마감하려는 걸까. 나에겐 죽을 용기도 없었다. 그래서 아등바등 살아갈 궁리를 하고 있는지도 모르겠다. 나는 소주병과 감자 칩을 들고 여자가 웅크리고 있을 방문을 두드렸다.

"술이나 한잔하죠. 지붕 위 평상으로 오세요, 반달이 떴습니다."

우리는 잔잔한 바람이 부는 계단 길을 올라 민박집 지붕 옆 평상에 앉았다. 불 밝힌 랜턴을 소주병 뒤에 놓자 은은한 조명이 들어왔다. 잠시 후 여자가 평상으로 올라왔다.

"아까 절벽에서 정말로 뛰어내리려고 그런 거예요?"
나는 소주잔을 건네며 물었다.
"누구나 한번 갈 길인데, 일찍 가면 염라대왕이 표창장이라도 준답니까? 죽는 게 무섭지 않아요?"

여자가 고개를 끄덕였던가. 여자의 머리칼이 바람에 흩날렸다. 나는 밤하늘을 보았다. 은빛 소금을 뿌려놓은 듯 수많은 별이 흐드러졌다. 나는 평상에 드러누웠다.

"저기 북두칠성이 보여요."
반달이 사라지자 더욱 선명해진 별들과 그녀의 얼굴을 번갈아 바라보았다.

"풍광도 멋지고, 별도 쏟아지고, 후박나무숲이 몸에 좋은 약수도 흘려보내는 섬입니다. 존경한다, 가거도야."

섬, 별, 후박나무숲에 경의를 표하듯 나는 소리쳤다.

"참 별 볼일 없이 살았네요."

"아, 정말 별이 쏟아질 것 같아요."

여자가 낮게 말했다.

용기를 내라고, 희망을 품으라고, 나는 그녀에게 말하고 싶었다.

"여기 누워서 별을 보세요."

나는 평상 위의 술병과 종이컵을 평상 한구석으로 모으며 말했다.

"별들이 살아 있는 우리에게 하는 말을 들어보세요, 별들은 죽은 자에게는 말을 걸지 않아요."

북극성, 큰곰자리, 물고기자리, 처녀자리……. 나는 별자리들을 손가락으로 가리켰다. 여자와 나는 나란히 누워 무수한 별들을 말없이 바라다보았다. 안개가 바다에서 몰려올 때까지 몇 번인가 여자의 얼굴을 보았다. 세상은 가히 살 만한 각자의 섬을 품고 있기 마련이리라. 그런 생각을 하다 나는 사방에서 몰려오는 해무에 취해 잠이 들었다.

꿈인지 생시인지 비몽사몽 하는 밤안개 속에서 나는 여자를 안아주고 이마에 입맞춤하는 꿈을 꾸었다. 깨어나니 여자는 방으로 들어간 후였다. 새벽이 올 때까지 파도 소리와 바람소리를 들으며 나는 잠을 이루지 못하였다.

아침 해가 섬과 섬 사이에서 일렁이고 있었다. 나는 배낭을 꾸리고 여객선을 타기 위해 포터 트럭 짐칸에 올라탔다. 여자 방 앞을 지날 때 안위가 잠시 궁금했지만 내 여정을 가야 했다. 이번에는 대흑산도를 거쳐 홍도 이구마을에 며칠 머물다 서울로 돌아갈 예정이었다.

트럭에 시동이 걸리자 방에서 나온 여자가 손을 흔들며 다가왔다. 나는 마음이 급해졌다. 내가 손을 내밀자 여자가 선뜻 맞잡았다. 손이 풀리자 트럭 위에서 나는 외쳤다.

"죽고 싶으면 내게 전화하세요. 나도 죽으러 올 테니까!"

여자는 멀어지고 나를 태운 트럭은 산기슭을 올랐다.

누님과 함께 알바를

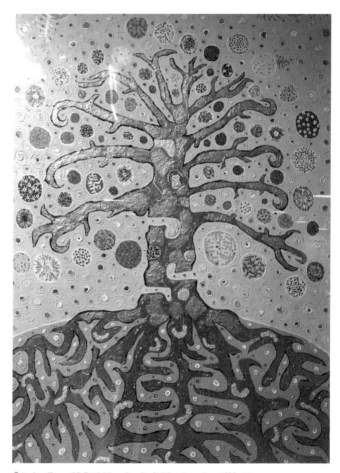

『Healing Tree』 96.5×144㎝, Acrylic & Mixed media _ 박인 그림

흑백인간

흑백인간

내 안에는 검은 짐승처럼 생긴 무언가가 산다. 우우, 우울한 그놈이 깨어날까 언제나 두렵다.

그녀가 머리염색을 했다. 금발이 된 그녀는 외출 준비를 한다. 가슴골이 드러난 상의를 입고 가늘고 긴 다리가 드러나게 킬힐을 신는다. 그녀는 백인들 파티에 갔다. 그날로 나는 좋아하던 바나나를 먹지 않았다. 겉은 노란색이지만 속이 하얀 바나나. 점심 한 끼에 두 개로 충분한 값싸고 맛있는 바나나.

나는 야간 아르바이트 청소일을 가기 전, 잠시 바다를 둘러보기 위해 검은 선글라스를 찾는다. 해안절벽에 올라 에메랄드 바다 위로 날아오르고 싶었다. 날개가 있다면 좋겠다. 절벽 아래로 굴러떨어지지 않고 하늘로 올라가고 싶다. 누구에게나 돌파구는 필요하다. 나와 동거하는 그녀는 홀어머니와 사는 나를 따라 태평양을 가로질러 왔다. 어머니와 그녀 사이에서 투명인간으로 지내는 나는 나를 둘러싼 원색의 향연이 싫었다. 그녀와 어머니와의 집요한 말싸움과 팽팽한 갈등 사이에서 눈치만 늘어갔다. 그녀와 나를 감싸줄 아늑한 집이 필요했다. 포근한 꿈에서 두꺼비에게 물어보았다. 헌 집 줄게 새집 달라고. 하지만 내게 두꺼비에게 줄 헌 집이라도 있는가. 2주마다 돌아오는 주세를 내기도 벅찬데.

파란 하늘과 바다만 보면 가슴이 시원했다. 푸르른 나무와 초록 풀밭도 눈이 시원했다. 나는 변신에 성공한 것일까? 시드니에 온 지 일 년이 지났지만 나를 아는 사람은 거의 없다. 모든 사물이 흑백으로 보이는 우울증에 시달린 나는 원색이 무섭다. 흑백인간이 되어버린 나는 여러 색깔 중 특히 빨간색이 무섭다. 이민자에게 대학 진학을 위한 영어를 가르치는 빨강 머리 앤 선생 때문인가. 평소 말이 없고 수동적인 동양인 학생들을 향해 앤 선생은 결국 화를 냈다. 영어는 머리가 아닌 입으로 하는 거라고 몇 번을 말했던가. 실수를 통해서 배우는 거라고. 실수를 두려워 말고 자기 생각을 발표하라고.

언어장애인들인가? 그렇게 힘들면 너희 나라로 돌아가지 그러니? 야단을 치는데 왜 웃어. 빨간 입술 앤 선생이 말한다.

아시아인과 유럽인 사이에 문화적 차이가 있어서 그래요.

내가 끼어든다. 피와 불온한 사상은 왜 붉은색으로 물드는가. 고문과 유혈진압이 떠오르기 때문인가? 억압받고 짓눌린 나라 분위기가 싫어서 이민을 선택한 나에게 한 번의 실수조차 저지르면 안 되는 금기였다. 녹녹하지 않은 새로운 현실에서 살아남아야 했다. 나는 사람들 눈에 내가 보이지 않는 방법을 생각했다. 머리에서 발끝까지 모두 검은색이 답이었다. 스트레스와 분노로 가득 찬 사람이 검정 옷을 선호한다고 했던가.

우리 서울로 돌아갈까?
그녀가 몇 번이나 말했다.
정말 지옥 같은 그곳으로 돌아가고 싶어? 여긴 훨씬 자유로운 곳이야. 아침저녁으로 새 울음소리도 들리고. 나는 그냥 돌아갈 수 없어. 그냥 여기서 청소부로 살더라도.

그렇지만 밤이면 내 안에서 검은 짐승이 깨어난다. 불면이라는 짐승. 어두워지면 일을 나가고 새벽이나 한밤중에 돌아왔다. 시드니에 와서 나는 검은색 신봉자가 되었다. 검은색 머리만 보고 자랐던 나는 다양한 인종의 머리 색깔에 주눅이 들었다. 흑색을 신봉하는 종교가 있다면 광신도가 되었을 것이다. 흑사병처럼 치명적인 색. 검은 팬티 검은 러닝 검정 바지 까만 티셔츠 차림을 선호했다. 가끔 흑색 점퍼와 코트를 입었다. 거기에 가장 중요한 검은 선글라스와 검은 신발로 마무리하면 전혀 우울하지 않았다. 오히려 기분이 좋았다. 캄캄한 암흑은 현란한 색과 빛이 제거된 치유의 공간이었다. 동거녀인 그녀의 졸린 목소리와 감각만이 살아 있는 시간이었다. 숨고 싶었다. 숨어서 살아남아야 했다. 숨을수록 어둠은 익숙해져서 밝아지고 아침은 집요하게 다시 왔다. 모든 사물이 백일하에 드러난다. 눈이 부시다.

선글라스는 차 안에도 없다. 머리를 금발로 염색하는 일은 아시아인이 백인 흉내를 내는 꼴이랄까. 흑인들 폭동이 일어났다. 피부색은 노란데 속은 하얀 과일은 바나나. 겉은 빨갛고 푸른데 속이 하얀 사과. 차라리 속이 붉거나 노란색이어도 겉만 흰색이면 등급이 좋았을까. 거리에서 마주치는 백인들보다 뼛속에 차별을 새긴 이른바 식자들의 눈초리가 두렵다.

흐린 날에도 선글라스는 왜 쓰는 거야?
그녀가 내게 물었다.
나는 사람들 눈을 보기가 싫어. 어린 시절부터 누군가가 늘 증오와 살의가 가득한 눈으로 나를 노려봤지. 나를 칭찬해 주는 사람은 없었어. 잘할 줄 아는 게 없었지. 늘 못한다는 소릴 들었어, 가정과 학교와 군대와 직장에서 말 잘 듣는 인간으로 살아야 했어. 쥐 죽은 듯이 군소리 말고 조용히 구석에서 지내야 했지. 그것이 몸에 배서 눈에 띄

누님과 함께 알바를

지 않게 말이야. 그들의 눈을 살피고 그들이 얼마나 화가 나 있는지 알아야 했어.

눈칫밥이 싫어서 검은 안경을 썼다. 눈치를 많이 봐서 광어처럼 눈이 돌아갈까 봐 검은 안경을 썼다. 그들이 모두 검게 보이니 눈치를 안 봐서 좋고 우선 마음이 편했다. 막힌 숨통이 트인 느낌이랄까.

어머니와 따로 살고 싶어. 자기 어머니는 정말 힘든 사람이야.
그녀가 주장한다.
지금 당장은 곤란해. 제발 조금만 기다려.

투명인간으로 살고 싶은 나는 야간 근무를 하러 집에서 나간다. 검정 운동화를 신으면서 생각한다. 검정이 얼마나 깊고 다채로운가. 그동안 그림을 그리면서 나는 검정의 깊고 그윽한 심연에 빠졌다. 검은 젯소를 바른 캔버스에 무광과 유광 흑색을 바르며 꿈을 꾸었다. 검정은 빛의 무덤인데 역설적으로 유광이나 무광이 존재했다. 사물로부터 눈에 반사해 들어오는 빛이 전혀 없는 암흑물질의 우주에서 살고 싶었다.

내가 나를 알 수 없도록 검은 캔버스에 검정아크릴로 붓

질과 터치를 한다. 검정에 바다 청색을 조금씩 섞으면서 최대한 깊고 짙은 검정으로 나를 감싸는 것으로 위로를 받는다. 나는 드디어 검정에 중독된 것일까. 어둠은 모든 색의 무덤이다. 어둠 속에서 비로소 안정을 찾는다. 혼란한 마음이 조금씩 너울거린다.

오늘 아침 쌀이 떨어졌다고 그녀가 말했다. 가져온 돈도 곧 바닥을 드러낼 것이었다. 천국은 먼 곳이 아니라 아주 가까운 곳에 있다. 내가 지금 사는 이곳이 바로 백색의 천국이 아닌가. 나는 어쩌자고 두 여자를 데리고 백인의 나라에 와서 흑백인간으로 살아야 하는지. 생각이 깊어지자 가슴이 쿵쾅거리며 터질 것 같았다.

서쪽으로 기우는 은빛 햇볕이 따가울 뿐만 아니라 눈이 부시다. 대낮에 우우. 다시 우울한 짐승이 깨어나서 눈을 뜨기 전에 선글라스를 써야 했다. 그렇지만 선글라스가 없다. 가방 속에도 주머니에도 없다. 분명 줄에 묶어 목에 걸었는데 또 잃어버린 게 분명했다. 불안한 거리를 헤매던 나는 기념품 상점의 안경 판매대로 갔다. 검은 안경을 골라 쓰고 거울을 본다. 깊은숨을 쉴 사이도 없이 그대로 상점을 나온다. 뒤에서 점원이 부르는 소리가 들린다. 어둠이 흑색 물감처럼 풀려 쌓인 집들을 지나며 나는 이제껏 살면서 가장 빠른 걸음으로 걷는다. 그늘 속으로 들어가면 나는 어둠과 합체되어 곧 사라질 것이다.

나무들은 2500년 이상을 살아남아 나를 기억하겠지 _ 박인 사진

후추나무

후추나무

　은하수 별빛이 아름답게 흐르는 밤 풍경 속에 후추나무 한 그루가 서 있었다. 나는 이 후추나무를 사랑하는 남자였다. 사랑이 반드시 사람과 사람 사이에서만 생기란 법은 없지 않은가. 내가 태어난 해, 그러니까 50년 전, 아버지는 어린나무 한 그루를 기념으로 심었다. 그날 이후 질긴 생명의 뿌리가 부드러운 흙을 뚫고 뻗어 나갔다. 사실 나는 이 후추나무를 아주 잘 보살폈다. 주변에 고랑을 만들어 물이 잘 빠지도록 했고 봄가을 퇴비를 주었다. 해충을 제거하고 가지를 잘라주어 곧게 자라도록 했다. 어린 후추가 젊은 나무로 자라나는 것을 나는 지켜보았다. 그 후추나무 아래 내가 사는 오두막 한 채가 있다. 산들바람에 흔들리는 후추나무 긴 그림자가 내가 잠든 방 창문을 감싸고 나를 위로해주었다. 나무는 사색할 수 있는 그늘을 내게 만들어 주었다. 내가 키운 후추나무는 캘리포니아가 원산지였다.

원래 인도 남부가 원산지인 후추나무 열매, 후추는 세계사 흐름을 바꾼 향신료였다. 후추를 손에 넣기 위한 십자군 전쟁이 지중해에서 벌어졌다. 오죽하면 후추를 못 먹어 죽은 사람은 없어도 후추 때문에 죽은 사람들은 셀 수 없다고 했던가. 대항해시대에 접어들어 후추는 병을 쫓고 부를 상징하는 향신료로 등극했다. 한때 금보다 후추의 몸값이 높았다. 비잔틴제국이 무너지자 후추 한 주먹은 노예 10명의 가격과 맞먹을 정도였다. 때를 잘 만나야 좋은 대접을 받는 법. 누린내 나는 생고기에 뿌려 맛과 향미를 좋게 만드는 후추는 귀족들의 과시용 사치품이었다. 덜 익은 열매를 볶아서 검정 후추를 얻고 잘 익은 빨간 열매로는

흰 후추를 얻었다. 음식에 금을 뿌려 먹는 것과 마찬가지
랄까. 후추는 금고에 보관했을 정도였다. 후추는 '고작 양
념인 주제'가 아니라 '후추를 얻는 자 세계를 얻으리라'였
다. 인간의 탐욕이 후추를 흔한 양념으로 전락시켰다.

  2년 전, 시 당국 공무원이 내 후추나무에 사형선고를 내
렸다. 베어버리거나 옮겨 심으라는 행정명령을 내렸다. 생
명력이 강한 나무뿌리가 집 앞 도로 아스팔트를 뚫고 나왔
기 때문이었다. 인류역사상 최고의 향신료인 후추를 선사
해온 나무에 사망 선고라니. 나무뿌리를 뽑는 일은 목을
졸라 죽이는 것과 다름이 없다. 후추나무가 아스팔트 길을
뚫고 나오는 것은 나무로서 자연스러운 삶이 아닌가. 나무
를 베고 뿌리를 파내지 않으면 도로복구 비용과 제거 비용
을 모두 청구하겠다는 공무원 나리의 생각은 어디서 온 것
일까. 이 땅의 진정한 주인은 누구일까.

박인 스마트소설

나는 어린 시절부터 돌보고 기른 후추나무를 진심으로 사랑했다. 나는 나와 생사고락을 함께한 후추나무를 없애라는 공무원들 명령을 받아들일 수 없었다. 한동안 나는 이런저런 핑계를 대며 나무 제거 명령 기일을 미루었다. 공무원들도 나무보다 아스팔트 포장도로를 더 사랑하지 않으리라 여겼기 때문이었다. 그러나 내가 나무를 훈련해서 홀로 걷게 만들기 전에는 다른 방법이 없었다. 법규를 읊조리는 냉정한 담당 공무원 앞에서 나는 주눅이 들었고 후추나무 걱정으로 얼굴에 주름살마저 늘었다. 나무 한 그루의 생명도 내 맘대로 할 수가 없었다. 마지막 제거 명령 지정일 전날 나는 인부들을 불렀다. 장의사를 부르는 심정이었다. 차마 내 손으로 후추나무를 죽일 수는 없었다. 나무는 세월의 나이테를 드러내고 쓰러졌다. 내가 이 세상을 떠나도 후추나무는 살아남기를 바랐다. 내가 없는 미래 세계는 좀 더 특별하고 재미날 것이 아닌가. 올해 새로 뽑힌 시장님은 사랑하는 나의 후추나무를 되살려낼 수 있을까.

누가 죽은 후추나무의 복수를 해 줄 것인가. 내가 나무 인간이라도 되어야 하는가.

꿈속에서 나무 인간이 된 나는 숲의 나무들에 소리쳤다. 대지의 주인은 나무. 흙에 뿌릴 내리고 사는 나무. 포장도로를 만드는 인간이 아니라 지구의 주인은 나무. 떠돌며 유랑하는 부평초 인간이 아니라 오늘도 베이고 불태워지는 우리들의 나무. 평생 아낌없이 주는 나무. 내가 죽은 이후에도 천 년을 살아 땅을 지키는 나무. 후추나무는 젊은 청년처럼 튼튼하게 성장하여 뿌리를 넓혔다. 바람결에 흔들리는 나무는 지붕을 만들고 쉬는 사람들을 품어주었다. 사랑스러운 내 아이를 뿌리째 뽑다니. 내 육신 같은 후추나무 허리를 전기톱으로 잘라버리다니. 비바람이 몰아치는 날이면 나는 나무들의 울음소리를 들었다. 공무원들은 저 푸른 나무들의 생명을 왜 앗아가려고만 하는가. 수많은 나무를 자르고 고작 스키장을 건설한다는 말인가. 죽은 후

박인 스마트소설

추나무의 원혼을 달래려고 나는 시장에게 편지를 보냈다.

시장님 귀하. 당신들은 내 후추나무에 사형선고를 내렸습니다. 내 사랑은 죽고 말았지요. 톱질로 가지와 몸통을 자르고 밑동과 뿌리를 파헤쳤습니다. 두려움에 떨며 우는 나무를 보신 적이 있으신가요. 당신이 만든 도로망 확충 계획과 도시개발 청사진은 이제 그 대가를 지급할 것입니다. 나는 지난 2년 동안 내가 이 도시 발전에 기여할 나름대로 계획을 시행했습니다. 이제 나는 막 그 열매와 과실들을 수확할 것입니다. 지금도 늦지 않았으니 나무들을 살려주십시오. 당신이 전혀 모르는 일이라면 휘하 공무원을 시켜서라도 당장 살려주세요. 이만.

어둠이 몰려오는 저녁 무렵, 나는 접이식 삽과 1년생 묘목들을 배낭에 챙기고 도시 한가운데 숲으로 갔다. 후추나무를 기리기 위해 그간 나는 160그루 어린나무들을 사서 심었다. 거대한 나무로 자라날 50그루의 캘리포니아 레드우드와 100그루의 자이언트 세쿼이아와 10그루의 바오바브나무를 한밤중에 몰래 심었다. 2000살까지 거뜬히 사는 바오바브나무는 이곳 겨울 날씨에 한 해를 제대로 살아보지 못했다. 하지만 최대 2700살까지 살아갈 캘리포니아 레드우드와 자이언트 세쿼이아 나무들은 잘 자라고 있다. 나는 이 어린아이들을 관공서 주변 공원들과 시 소유의 공터에도 심었다.

지금 이 시각 나무들 뿌리는 땅속을 파고들어 자신의 삶터를 만들고 있을 것이다. 나무들은 최소 30m에서 90m까지 살아 있는 거인들로 자라날 것이다. 어느 날 누군가는 시청 정문 앞 공터에 웅장한 나무가 자라나는 것을 볼 것이다. 하루가 다르게 크는 나무들은 내년쯤 그늘 쉼터를 만들어 줄 것이고 시민들은 그 아래서 낮잠을 즐기거나 더위를 피해 쉬어 갈 수 있겠지. 나는 죽는 날까지 나무를 심

　　　　　　　　　　　　　　　　박인 스마트소설

을 계획이다. 나무들은 2500년 이상을 살아남아 나를 기억하겠지. 오늘 나는 나무 두 그루를 시장 저택 담장 밖에 심을 작정이다.

시장님, 이미 당신 저택 둘레에 힘이 센 열 그루 거인들을 박아놓았습니다. 그 나무들을 제거하려면 돈이 좀 필요할 거예요. 공무원인 당신은 언젠가 그 자리에서 물러나겠지요. 거인으로 성장한 나무뿌리가 당신들 집 지하실을 파헤치며 들고 일어서도 놀라지 마십시오. 우선 오늘까지 162그루 나무를 심는 것으로 후추나무를 향한 내 사랑을 실천했습니다. 후추나무를 위한 나만의 복수를 시작한 셈이랄까요. 그러나 정말 매운 맛은 이제부터입니다. 기대하세요!

너 자신을 알라

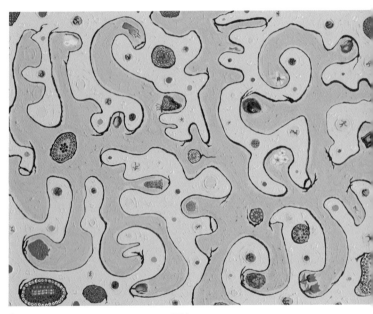

『Wrinkless in time』 1200×800㎜, Acrylic _ 박인 그림

너 자신을 알라

　겨울의 한가운데로 봄이 멀리서 다가오고 있음을 감지한다. 의문에 휩싸여 나는 겨우 내내 방구석에 처박혀 지냈다. 머리에 든 먹빛처럼 검은 물이 가라앉아 희뿌옇게 느낄 무렵이었다. 사십 년 동안 장복한 술이 사물과 사람에 관한 판단을 흐린 안개 속처럼 만들었다. 나는 아직도 내가 어떤 사람인지 알 수가 없다. 내가 나를 모르는데 남을 어찌 알겠는가. 무엇을 알고 무엇을 모르는지 게으른 나는 나에 대한 진단조차 제대로 하지 못했다. 나에 대한 진단이라니. 질병이라면 병원에라도 가 보겠지만 이건 사지가 멀쩡하니 드러누워 망상에 빠지기 일쑤였다. 사람을 멀리하는 죽음에 이르는 병에 걸린 것은 아닐까 심히 염려되었다.

사실인즉 사람들 모인 곳에 가서 뭘 좀 아는 척하기도 멋쩍었다. 이미 내재한 밑천이 드러난 자신의 속을 뒤집어 보일 수는 없는 일. 부끄러운 말만 뻔지르르 뱉어놓고 실천하지 않는 자들을 많이 보았다. 그간 머리에 돈이나 똥만 든 사람도 만났다. 까만 머리에서 푸른 시가 일렁거리는 시인이나 흰 머리로 이야기를 풀어내는 소설가 친구를 만나야겠다. 그도 저도 아니라면 지나가는 겨울이라도 붙들어야겠다.

저간의 안부를 묻고 만나서 겨우내 녹슨 이빨을 열어 보일 예정이다. 소주로 굳은 혀를 풀고 안주로 입안 기름칠을 한 다음, 정말 아는 게 힘인지 진정 모르는 게 약인지 한번 물어볼 생각이다. 나이가 지천명을 넘으니 만나는 이마다 하늘의 숨은 뜻을 아는 듯한 먹물들이다. 이름깨나 팔고 다니는 사람은 바쁘고, 경지가 높은 사람은 서가에 숨어 지내니 만나기 어려운 실정. 그러니 고만고만한 무지렁이들끼리 치고받기 일쑤다. 포장마차에서 친구를 만나

그동안 만나본 이들을 술안주 삼아 순위를 매겨보았다. 도미노처럼 그냥 줄을 세운 것이니 재미로 읽어주길 바란다. 지어낸 이야기에 과학적 잣대를 들이대지 마시길 바란다.

제1위 세상에 모르는 게 없는 사람

정치면 정치 외교면 외교 예술이면 예술, 정말 모르는 게 없다. 술술 풀어낸다. 이런 사람들은 대개 '그게 아니고' 또는 '그건 틀렸고'로 말을 시작한다. 처음에는 잡다하고 해박한 지식에 주눅이 들지만 5분 이상 듣고 있기가 보통 고역이 아니다. 모르는 게 없는 이분들은 술 한잔하고 귀가하는 와중에도 지름길을 안다고 택시기사와 싸우는 일이 종종 있다.

제2위 자기가 아는 게 곧 진리인 사람

특정한 분야나 학문을 연구하는 사람 중에 많다. 석박사 학위도 그걸로 받았고 책도 여러 권 집필했다. 어젯밤 꿈에 예수님을 만난 목사처럼 자신이 최고 존엄이란다. 권위가 충만한 그 앞에서 다른 의견을 냈다간 둘 중 하나로 경을 친다. 세상 듣도 보도 못한 외국인 이름과 이론 앞에서 망신을 당하거나 대화 상대에서 따돌리고 은근히 무시당한다. 임팩트 점수가 높은 외국논문을 근거로 반론을 펼치고 증명할 수 있느냐고 상대를 당황하게 만든다. 때로 이분들이 겸손한 표정으로 얘기를 들어주지만 조심해야 한

누님과 함께 알바를

다. 한 방 제대로 치려고 뒤로 한발 물러서는 중이니까.

제3위 새끼손톱만치 아는 거로 우주를 해석하는 사람

읽고 사유한 시간이 적어 처음에는 주로 듣는다. 이 사람 얘기 저 사람 얘기 듣고 나서는 슬그머니 그걸 섞어 방언처럼 말한다. 처음부터 한자리에서 계속 들은 이들은 그럴듯하게 느낀다. 좌중은 우주에 가 본 적이 없으므로 신도들처럼 열심히 듣는다. 물론 오래가지 못한다. 그중에 한 명은 꼭 "그거 아까 나온 말이잖아" 확인하는 송곳이 있으니까. 그때마다 이분들은 깊은 한숨을 쉰다. 가소롭다는 듯이 고개를 들고 눈을 껌벅인다. 이것들아, 너희가 우주의 섭리를 알기나 하냐?

제4위 알긴 알지만, 이상하게 아는 사람

공통분모 주제로 대화하는 데 항상 엉뚱한 얘기를 한다. 예를 들면, '너 자신을 알라'는 말을 소크라테스가 한 것은 맞지만, 독주를 마시고 죽은 건 결국 플라톤이란다. 이런 사람들은 꼭 끝까지 우긴다. 세계 3대 악처인 크산티페, 콘스탄체와 소피아 얘기를 하다가 크산티페가 플라톤의 악처라고 내기까지 건다. 내기라고 해봤자 겨우 담배 한 갑이나 소주 한 병일 뿐이다. 이분들은 원래 심성이 착해서 한 대 쥐어박을 수도 없다.

제5위 모르는 걸 모른다고 말하는 사람

이런 솔직한 사람 만나기 정말 쉽지 않다. 어느 정도 알고는 있지만 정말 완벽하게 하나도 모르는 사람은 없다. 부러 알고도 모르는 척하는 사람은 많다. 아는 게 힘이 될지 독약이 될지 모르는 세상에 오래 살다 보면 몰라도 아는 척 알아도 모르는 척 지내기 마련 아닐까. 이분들은 대화의 많은 시간을 질문으로 채운다. 어떤 책을 읽어야 알수 있나요? 그때 말한 그 이론을 한 번 더 설명해 줄래? 모르는 척한다는 느낌이 아니라 정말 모를지도 모른다는 진심이 느껴진다. 무식하다고 면박을 주다간 그렇게 말한 사람이 치사한 인간이 된다. 이런 분들은 어쩐지 조금 무섭다. 마치 지식을 천천히 흡수하는 해면체 같다. 만날 때마다 조금씩 높아지고 넓어져 있다. 모르는 게 약인 사람들이다.

이후에도 6위, 7위, 8위 등등 계속 이어진다. 이런 순위 앞에서 꼭 나는 몇 번이지? 고민하는 분들이 있다. 그러지 마시라. 그러려니 지나가시라. 따뜻한 사람이 그리운 겨울이 아닌가. 그런데 겨울이 가고 봄이 와도 여전히 나는 궁금할 것이다. 진실로 나는 나 자신을 알고 있는 것일까. 오, 나는 누구인가? 이 모든 인간의 합인가?

보스 Super Boss

나는 다시 찾아가서 용서를 빌고 한 시간가량 설교를 들었다 _ 박인 그림

보스 Super Boss

— 자기 마초야?

— 자기 머저리야?

S와 잠자리를 갖는 일은 늘 기분이 어색하고 불편했다. 언제 내가 주도권을 잡아야 할지, S에게 마냥 맡겨야 할지 알 수 없었다. 금방이라도 터질지 모를 폭탄을 가지고 놀고 있는 기분이랄까. S는 평소에는 철저한 페미니스트였다.

그러나 침대에서만큼은 예쁜 소녀처럼 굴었다. 그러다가도 갑자기 스트립쇼를 보여주거나 내가 그녀 엉덩이를 세게 때려주기를 원했다. 얌전하게 굴다가도 어느 순간 돌변해서 나를 흥분시키고 자극했다. 그런 다음 날이면 나는 꽃다발을 사 들고 가서 그녀에게 바쳤다. 전날 황홀한 여운이 채 가시기도 전에 그녀는 내게 한 시간 정도 설교를 했다.

나는 하릴없이 장미꽃 무늬를 수놓은 그녀의 하이힐을

내려다보았다. 일자로 뻗은 다리를 접고 의자에 앉자 그녀의 작은 앞무릎이 솟아 나왔다. 잔소리를 들으면서도 나는 그녀의 24인치 허리 아래 실팍한 엉덩이 곡선에서 눈을 뗄 수 없었다.

— 자기 마초야? 나 말고 다른 여자들에게도 꽃다발을 많이 갖다 바쳤나 봐. 여자 꼬이는 선수들이나 하는 역겨운 짓을 내게 하다니. 이건 도저히 참으래야 참을 수가 없잖아. 내가 그리 쉬운 여자 같아? 도대체 이해할 수 없는 일이야.

이건 이해의 차원이 아니었다. 내가 무슨 큰 잘못을 저질렀나, 나는 그녀가 왜 화를 내는지 몰랐다. 어느 날 그녀는 내가 벗어놓은 팬티를 꺼내 입고 내 앞을 지나갔다. 나는 알몸으로 침대에 누워 있었다. 순간 여러 장면이 내 머릿속을 스쳐 갔다. 나도 그녀 팬티로 바꿔 입어야 하는지, 집에 가서 다른 팬티를 갈아입어야 하는지, 아니면 그냥 삼십육계 줄행랑을 놓아야 하는지를 결정해야 했다. 물론 나는 그녀에게서 도망쳐 내 신변 안전을 지키기로 했다.

그러나 나는 밤이 오자 S가 그리웠다. 나는 다시 찾아가서 용서를 빌고 한 시간가량 설교를 들었다.

누님과 함께 알바를

— 자기 머저리야? 다른 여자한테도 좀 맘에 들지 않으면 도망쳤나 봐. 어느 여자가 곁에 남아 있을지 생각해보긴 한 거야. 내가 왜 그랬는지 알아? 자기 좋아지라고 그런 거 알기나 해. 그래도 난 자기가 귀여워.

S는 내게 눈을 흘기면서 이번에는 자신을 맘껏 다뤄도 좋다고 허락했다. 나는 그녀 엉덩이를 최대한 힘껏 손바닥으로 때렸다. S는 기분이 고무되어 새끼고양이처럼 가르랑거렸다. 그러다 나는 결국 돌이킬 수 없는 실수를 저지르고 말았다. S가 아플까 봐 손목 힘을 적당히 빼고 그녀의 살진 엉덩이를 쓰다듬듯이 때린 것이었다.

일순간 무언가 강력한 충격이 내 머리를 세게 내리쳤다. 침대에서 바닥으로 굴러떨어진 나는 몇 초간 정신을 차릴 수 없었다. 겨우 눈을 뜨자 나는 그녀의 발이 허공에 뻗어 있는 것을 보았다. 발등을 향해 15도 정도 휘어진 망치처럼 생긴 뒤꿈치가 한 대 더 내리칠 기세였다. 그것은 내가 살면서 경험한 가장 무시무시한 흉기였다.

The Tides South Beach 2014/10/28 박인

취한 우리는 다시 일어나 지그재그 스텝으로 춤을 추었다 _ 박인 그림

B-52

— 아버님, 색깔이 너무 멋져요.

사촌 동생 결혼식에 데려간 B는 내 아버지의 넥타이를 만지며 장난스럽게 웃었다. 정말이지 거저 줘도 안 맬 넥타이를 어디서 주워온 것일까. 나는 아버지 목에 걸린 촌티 나는 총천연색 새끼줄을 다시 바라보았다. 처녀가 남자의 상징처럼 목에 걸린 타이를 가지고 놀다니. 내게는 B의 행동이 남자의 상징을 조몰락거리는 것처럼 보였다. 질투가 난 나는 B를 노려보았다. 그날 결혼식 파티에 온 그녀는 엉덩이를 전부 가리기에는 턱없이 짧은 원피스 차림이었다.

거기에 빨간색 하이힐이라니.

남자들을 한 방에 날려 보낼 핵폭탄이랄까. 빨강 하이힐을 신은 B는 그만큼 성적 매력을 풍겼다. 게다가 그녀는 온 힘을 다해 춤까지 추었다. 장학금을 노리고 공부하는 학생처럼 미친 듯이 춤을 췄다. 쭉쭉 뻗은 다리로 무대 중앙을 장악하고 홀을 누비는 B를 상상해 보라. 남자 하객들의 눈길이 무대를 휘젓고 다니는 그녀의 다리와 엉덩이에 고정되어 있었다. 여자들은 B에게 넋을 빼앗긴 남자들을 사나운 눈으로 쏘아보았다.

나는 파티장에서 B를 쫓기듯 빼냈다. 우리는 저택 후미진 방으로 가서 사랑을 확인했다. 그래도 사랑할 때 B는 온전히 내 것인 것처럼 굴었다. 헝클어진 몰골을 한 채 우리는 파티장으로 돌아왔다. 조금 전까지 우리가 무슨 짓을 했는지 사람들은 알아챘을까. 부러움과 의혹이 뒤섞인 눈길들이 우리를 덮쳤다. 나는 시침을 뚝 떼고 모른 척할 수밖에. 사람들의 관심을 무시한 채 우리는 술을 마셨다. 그러나 오늘 하이라이트 쇼는 이제 막 시작될 참이었다.

취한 우리는 다시 일어나 지그재그 스텝으로 춤을 추었다. 남이 뭐라 하든 상관없는 일이었다. 취기가 오르자 발이 꼬였고, 하객들과 뒤엉킨 우리는 무대 바닥에 나뒹굴었다. 내 양복은 찢어지고 B는 떨어져 흘러내린 원피스의 어깨끈을 겨우 붙잡고 뻗어버렸다. 우리를 둘러싼 하객들의 비웃음이라니! 그 순간 나는 B의 그물에 걸려든 한 마리 잡어에 지나지 않았다. B는 그날 모든 남자를 사로잡았고 스포트라이트를 받은 오늘의 스타에 등극하였다.

이후 그녀는 몇 번인가 나를 속이고 다른 남자들을 만났다. 물론 이 붉은색 폭격기가 다른 사내놈들도 초토화했을 것이다. 남자들은 그녀에게 'B52'라는 별명을 지어주었다. 파티에 참석한 여자들은 그녀를 '붉은 암캐'라고 불렀다. 그렇다면 나를 비롯한 모든 남자는 그녀의 새끼들이 아닌가.

헤어지는 기념으로 내가 네게 보여줄 것이 있어 _ 박인 그림

점쟁이 Fortune-Teller

점쟁이 Fortune-Teller

생일파티에서 한 번 본 적이 있는 T는 첫눈에 인연이라는 것을 믿었다. 나를 보고, 내 목소리를 듣고, 언젠가 우리가 함께할 것 같은 예감이 들었다고 했다. 그러나 나는 인연보다 우연의 일치를 믿는 쪽이었다. 언제나 이별한 후에는 다음 이별이 기다리고 있었기 때문이었다. 우연치고는 너무나 기이하게도 나는 T를 사랑했다.

— 네가 내게로 오리라고는 생각하지 않았어. 그런데 여기 네가 있잖아.
— 나도 너를 사랑하리라고 어찌 알았겠어. 근데 여기 네 곁에 있잖아.

인생이 차라면 그 차의 운전대를 잡은 건 나였다. 나는 T에게 함께 미래를 향해 안전하게 갈 것이라고 약속했다. 그러나 열심히 노력해도 미래는 너무 멀었다. 나는 신호를 무시하고 서둘러 성공을 향해 내달리고 싶었다. 국전에서 입선은커녕 예심에서 연거푸 떨어졌다. 어느 순간 계곡 아래로 처박힐지 모를 내 예술적 도전을 T는 불안해했다.

시간이 흘러 T는 우리가 헤어지기 달포 전에 이미 각자가 다른 길로 갈 것을 예감했다. 사실 예감은 아니었다. T는 나를 만나는 중에 이미 미국에 사는 남자와 맞선을 봤고 대학원을 졸업하는 대로 미국으로 떠날 예정이었다. 미래가 불투명한 조각가보다는 신학대학을 나와 전도가 밝은 전도사에게 시집을 가기로 한 것이었다. 하느님마저 그녀 편에 서자 오랜 시간 나는 비참했다. 마지막 날을 함께 보내고 T는 갔다. 초록색 벨벳 천으로 만든 하이힐을 신고 T는 떠나버렸다.

하이힐을 신고 멀어져가는 여자의 뒷모습, 흔들리는 발과 다리는 늘 슬픔이 묻어 있었다. 앞으로 다시는 만나볼 수 없을 것이라는 T의 예언은 나를 자극했다.

— 헤어지는 기념으로 네게 보여줄 것이 있어.

나는 담배 연기를 깊숙이 빨아들였다. 담뱃불로 왼쪽 손등을 지져 화인을 만들었다. 생살이 타는 아픔 때문에 손가락이 부들거렸다. 악다문 입술을 겨우 벌리고 나는 말했다.

— 상처를 내 몸에 간직하겠어. 너를 사랑한 기념으로.

그녀의 눈물을 보자 나는 다시 무감각한 상태로 돌아왔다. 마음속으로는 슬픔이 흘렀다. 그리고 지금 그녀와 내 사랑은 정신과 육체뿐만 아니라 유전자로 각인되어 후대로 전달될 것이었다. 그런 생각을 하니 마음에 평화가 찾아왔다.

누님과 함께 알바를

『라산스카』 98×145㎝, Acrylic and mixed on canvas _ 박인 그림

아버지

아버지

아버지는 한밤중에 깨어나서 산동네 오막살이 지붕 위로 올라갔습니다. 낡은 기와지붕 옆에 작은 장독대가 있었지요. 컴컴한 밤이면 장독대로 올라가는 사다리에서 삐걱 대는 발소리가 들리곤 했어요. 아버지는 술에 취해 몽유병에 걸린 사람처럼 밤하늘의 별을 올려다보았죠. 그러다 술이 깨면 라산스카가 부른 노래를 흥얼거렸죠. 사랑스러운 애니로리. 아버지는 사람들이 잘 모르는 라산스카를 좋아했습니다. 담배를 한 대 피운 후 또 낮게 흥얼거리는 소리가 들렸죠. 엄마와 제 동생은 이불 속에 누워 자는 척하지만, 코와 귀는 열려 있으니까요.

라산스카는 맑고 순수한 영혼의 목소리를 가진 소프라노 가수였어요. 아버지는 어린 내게 자주 그녀의 노래를 들려주었어요. 그녀 목소리는 아름답지만, 자세히 들으면 어두운 음색과 우수가 깃들어 있었습니다. 유대인인 그녀는 스무 살에 한 남자와 결혼하고 살다가 헤어지고 다시 만나기를 반복하며 살았죠. 순탄치 않은 삶을 거치면서 두 딸을 낳았어요. 그녀 나이 서른셋에 남편은 먼저 저세상으로 갔고요. 릴 테이프를 돌리면 지글지글 바늘이 긁히는 잡음이 많이 들렸습니다. 하지만 그녀 노래를 들으면 세상 걱정이 사라지고 한 여자의 일생에 연민이 느껴졌지요. 세상살이 험하여도 언제나 그립고 반가운 목소리 라산스카. 아버지의 순수한 뮤즈, 라산스카.

"아빠는 죽어서도 천국에 갈 수 없단다. 살면서 지은 죄가 커서 영혼이 없으니까."

오래전에 아버지는 동아방송국 음악 담당 일을 그만두었습니다. 클래식 음악을 틀고 듣는 일이 삶의 유일한 희망이었는데. 릴 테이프로 듣는 클래식 음악과 빨간 뚜껑 두꺼비소주 세 병만 있으면 천국이 따로 없었죠. 신군부가 계엄령을 내린 후에도 클래식 음악을 들으려고 가끔 방송국에 들렀어요. 군인들이 민간인을 죽이는 암흑세상에서는 죽고 사는 일이 파리 목숨이었지요. 아우슈비츠 학살이 생각났대요. 아버지는 방송국 정문을 지키는 계엄군의 철모를 주먹으로 내리쳤어요.

전쟁의 상흔이 생각나서 전보다 심하게 술을 마셨습니다. 수중에 돈이 생기면 모두 술집에 갖다 바쳤어요. 엄마는 시장바닥에서 좌판을 펴고 행상을 했어요. 장사수완이 없는 엄마가 벌어서 준 용돈으로 아버지는 판자촌 구멍가

게에서 소주를 사서 마셨지요. 이웃 동네 가게에서조차 술을 팔지 않자 훔쳐서 마시기도 했습니다. 주인한테 걸려서 얻어터지기도 했지요. 언젠가 연탄가스 중독으로 돌아가신 할머니를 부르며 우시는 아버지를 본 적이 있어요.

"어머니. 나는 아직 살아 있어요. 아직도 인간이 못되어 좋은 글 못 쓰고 있어요. 다만 몇 줄이라도 좋으니 세상에 남길 만한 글을 쓰다 죽고 싶어요. 불쌍한 어머니."

아버지 손을 잡고 소풍 간 날이 생각납니다. 수락산 언저리 풀밭에 앉아서 김밥을 먹었지요. 모자를 눌러 쓴 아버지는 말없이 소주만 드시고는 내게 맛있냐고 물었어요. 그리고 고개를 들어 하늘의 구름을 바라보다가 풀밭에 같이 눕자고 했어요. 누워서 하늘을 보자고. 소나무 가지에 걸린 거미줄에 햇빛이 반짝였습니다. 파란 하늘에는 새들이 날아갔어요. 아버지는 내게 눈을 감으라고 했어요. 그리고는 어린아이 조막손만 한 돌을 제 가슴과 당신 위에 올려놓았습니다. 약간 무섭고 창피한 나는 눈을 뜨고 아버지에게 물었어요.

"아빠, 제 가슴에 왜 돌을 올려놓았어요?"
"네가 하늘로 푸드덕 날아갈까 봐."

박인 스마트소설

아버지는 당신과 가장 닮은 나를 가장 좋아했습니다. 죄 많은 어른과 대비되는 순수한 아이들을 사랑했지요. 잠시 머물다 갈 인간들이 오염시킨 이 세상, 순수한 아이들이 물들까 걱정했어요. 자본과 권력이라는 허상들이 무지개처럼 펼쳐진 이 세상, 착한 사람들이 고통 받는 일에 마음 아파했어요.

아버지는 비밀이 많으셨습니다. 아버지 일본 유학 시절은 잘 모르지만, 할아버지 반대에도 불구하고 음악을 사랑해서 작곡법을 공부하려고 했죠. 문학을 한다고 집에서 학비를 끊자 부두노동자로 일하면서 번 돈으로 세계문학 전집을 한 권씩 사서 읽었대요. 음반을 사서 모으기도 했고요. 그렇지만 가세가 기울기 시작하자 집에서 책을 읽거나 음악을 듣는 일은 거의 없었어요. 네 식구가 누우면 꽉 차는 셋방살이 단칸방에서 책과 음악이라니.

낮에는 잠을 자거나 아니면 깡소주를 마셨습니다. 술을 마시면서 영화 『흑인 올페』 주제곡을 흥얼거리듯 불렀어요. '카니발의 아침'을 음유시인처럼 저음으로 불렀지요. '메기의 추억'도요. 그러다가 한국에서 시인으로 환생한 라산스카를 만난 것 같아요. 꿈속의 그녀를 생시에 만나 사랑에 빠진 거예요. 외박이 잦아졌죠. 라산스카는 순수한 시의 뮤즈였을 것 같아요. 정신없이 그녀에게 빠져들었는지 그사이에 아들이 태어났지요. 나의 이복동생인 아이는 그녀가 혼자 키웠어요. 아버지가 엄마 몰래 지은 죄 중에 가장 큰 일이죠. 아버지는 잠시 머물다 가는 손님처럼 살고 있었습니다.

더 높고 작은 판잣집으로 이사하는 날이면 레코드판만 껴안고 슬그머니 자리를 피했어요. 무교동과 종로와 명동과 남산과 서울역 앞을 헤매고 다녔어요. 흔적도 없이 사라져버린 그녀 라산스카를 찾아서. 가슴의 불타는 고통이 시작되면 눕지도 씻지도 못하고 도깨비처럼 서울 시내를 무작정 걸었어요. 모차르트와 말러와 드뷔시와 세자르 프랑크의 음악을 찾아서.

아버지는 주변 여자들이 당신 때문에 불행해지는 것을 마음 아파했을 겁니다. 엄마에게 고생시켜 미안하다며 늘 같은 말씀을 하셨죠. 그런 '유언'을 엄마는 듣고 싶지 않았어요. 엄마는 아버지가 이 세상에서 가장 위대한 시인이라고 믿었으니까요. 가족이 모두 잠든 밤에 지붕에 올라가 별을 보거나 아니면 새벽까지 엎드려서 시를 썼어요. 밤새 시를 써서 아침에 내게 보여주곤 했어요. 그리곤 유언하듯 말했습니다.

"너는 꼭 행복하게 살아야 한다. 아빠처럼 실패한 삶을 살지 말아야 해. 나라를 잃은 적이 있고 고향을 버리고 남녘으로 내려와 사랑을 잃은 아빠처럼……."

아버지는 죽기 전에 가톨릭 세례를 받았어요. 간경화 말기에도 밥도 드시지 않고 독주를 마셨지요. 마지막 식사인 생선 초밥을 먹고 난 후 아버지는 후식으로 연시를 먹고 싶다고 말했어요. 내가 길음시장으로 연시를 사러 간 사이 당신은 돌아가셨습니다. 라산스카, 라산스카를 찾으면서 세상을 뜨셨을까요. 슬픈데도 웃음이 납니다. 이 세상 모든 여자는 라산스카처럼 사랑을 하고 아이를 낳고 기르다가 어느덧 혼자가 되는 걸까요?

지금은 내 기억 속에 잠들어 얼굴조차 가물거리는 아버지. 사람은 이 세상에 태어난 후 꼭 한번은 죽을 운명이겠죠. 하늘나라에 가면 아버지를 다시 만나고 싶어요. 오늘 밤 꿈에서라도 만난다면 아버지를 끌어안고 말하고 싶어요. 아버지를 보고 싶었다고. 매일 생각했다고. 당신을 정말로 사랑한다고.

『The Tree of Karma-Night』 1120×1450㎜, Acrylic & Mixed media _ 박인 그림

그날의 흑진주

그날의 흑진주

그날 이후 나는 금발 머리가 무서웠다. 풍만한 리즈의 가슴은 내 결핍된 모성애를 자극했지만 살진 엉덩이는 느낌이 달랐다. 금발이 매력적이어서 그녀 방으로 따라갔었다. 그녀와 나는 서둘러 옷을 벗었다. 침대에 누운 여자 넓적다리에 붙어 있는 하얀 살이 보였다. 그녀 허리에 삼겹살로 접힌 비곗덩어리가 마치 목구멍에라도 걸린 것처럼 내가슴은 체증으로 타올랐다. 침대에 눕자 살덩어리에 짓눌려 숨이 턱 막히는 느낌이었다.

나는 남겨 온 와인 반병을 들고 전부 마셔버렸다. 다리와 다리 사이 계곡이 금빛으로 접혀 있었다. 거대한 엉덩이에 기죽은 내 성기는 고개를 들지 못했다. 고백하건대 당시나는 백색에 주눅이 들어 있었던 게 분명했다. 맨체스터시티 위성도시에 있는 지방대학에서 계절학기 수업을 받으려고 대학기숙사에서 일 주일 정도 지냈을 무렵이었다.

원래 나는 마른 여자의 갈비뼈를 좋아했다. 갈비뼈의 수평 구조는 어깨 빗장뼈와 더불어 인간의 직립보행을 더 완

벽하게 만든다고 생각했다. 뼈를 드러낸 마른 여자는 겨울
나무 골격을 바라보는 것처럼 아름다우면서 쓸쓸한 느낌
이 들었다.

수강생 중 내 마음에 들어온 그녀 이름은 펄이었다. 흰색
은 크게 보이고 검은색은 작아 보이는 착시 때문이랄까.
펄은 북아프리카 모로코가 고향인 작고 쾌활한 여자였다.
작은 나무 실루엣 같은 그녀는 내게 친절하기까지 했다.
검은 마스크 안에 백인이 숨어 있다고 믿고 싶을 정도였
다. 펄의 얼굴은 검은색을 지우면 당장 백인이라고 해도
좋았다. 그녀와 나는 과제를 함께 준비하느라 금방 가까워
졌다.

그날은 겨울방학이라서 기숙사는 거의 비어 있었다. 추
운 겨울 캠퍼스, 나는 유일한 동양인이었다. 수업이 끝나
고 강의실을 나오는데 리즈가 나를 불러 세웠다. 하루 아
홉 시간씩 모두 9학점을 이수하느라 녹초가 된 늦은 오후
였다. 수업이 끝난 후 마시는 흑맥주 한 잔에 천국이 보일
정도였다.

"오늘 나랑 저녁 먹을래?"

금발이 내게 물었지만 나는 뒤를 둘러보았다. 주변에 잘

생긴 백인 남자를 찾기라도 하는 걸까. 그녀는 손가락으로 나를 가리켰다. 그래 너, 너라는 표정으로 나를 보고 웃었다.

"그래 먹자, 뭐든."

나는 어깨를 으쓱하며 말했다. 리즈가 왜 저녁을 먹자는 걸까. 임상 실습을 나간 병원에서 교수 몰래 술을 마시고 취한 척 금발을 끌어안고 춤을 춘 적은 있었다. 사실 나는 유일하게 시드니에서 유학 온 동양인이라서 그런지 기숙사도 냉장고가 있는 삼층 방을 따로 썼다. 삼백 년 묵은 기숙사 회랑을 나 혼자 독차지했다.

밤마다 나는 백인 유령들의 방문을 받았다. 밤 열두 시가 넘으면 문이 열렸다가 닫히고 복도를 오가는 소리가 들렸다. 문을 열면 아무도 없는 어둠이 앞을 가로막았다. 방문을 닫고 침대에 누우면 다시 문밖이 소란스러웠다. 잠을 제대로 못 자고 레인지에 돌려먹는 즉석식품에 물릴 무렵이었다.

"어디서 무얼 먹을까?"

허기진 나는 물었다. 리즈는 더블린에서 왔지만 셀포드

에 친구를 만나러 온 적이 있다고 했다. 레스토랑에서 스테이크를 먹고 선술집에 들러 맥주를 마시며 그녀와 잡담을 나누었다. 한쪽 구석에서 볼멘소리가 들렸다.

"세상 좋아졌네. 눈 찢어진 놈이 블론드와 기니스도 마시고."

기름에 튀긴 음식을 먹고 맥주 배가 나온 동네 아저씨들이었다.

"고개 돌리지 마. 나만 보고 있어. 정말 쓰레기들이야."

리즈가 내 눈을 보며 조용히 말했다. 키가 큰 금발여자에게 보호받으며 앉아 있자니 편치가 않았다. 리즈와 나는 거리로 나왔다. 펄은 그 많은 참고문헌을 혼자 읽고 있을까. 과제 준비에 급한 내 마음은 펄에게 가고 있었다. 캠퍼스로 올라가는 도중 리즈는 내 손을 잡으며 말했다.

"영국식으로 말하자면 여자가 남자에게 저녁 식사를 둘이서 하자는 것은 특별한 의미가 있는 거야."

"특별한 의미?"

나는 심장이 요동쳤지만, 부러 딴청을 피웠다.

"사실 난 한국 남자하고는 자본 적이 없거든."

생각하니 나도 금발여자와 잠을 잔 적이 없었다. 그믐달

누님과 함께 알바를

아래서 나는 리즈에게 키스를 하고 그녀 방으로 갔다. 맹세컨대 그날 금발 머리하고는 아무 일도 없었다. 신이 떠나버린 지구, 이 지구의 영국 맨체스터, 지방대학 기숙사에서 무슨 일이 벌어진들 누가 과연 콧방귀나 뀌겠는가 말이다.

그렇지만 그날 밤 열두 시경. 방으로 돌아와 곯아떨어진 나는 건장한 백인 남자 귀신에게 폭행을 당했다. 목이 졸리고 숨이 끊어질 찰나, 깨어났다. 방문을 두드리는 소리가 났다. 나를 부르는 목소리. 삼층 회랑을 울리며 내 방문을 다시 두드리며 나를 부르는 목소리, 펄이었다. 나는 불이 꺼진 방을 기어가서 문을 열었다. 어둠에 익은 내 눈은 검은 그녀를 찾고 있었다. 달빛이 창문을 타고 들어와 내 어깨를 짚고 펄의 눈으로 흘러갔다. 별빛으로 변한 그녀의 두 눈이 깜박거렸다.

"오늘 리즈와 즐거웠어?"
펄은 화가 난 듯 내게 물었다.
"정말 아무 일도 없었어."
"거짓말!"
펄은 웃었지만 두 눈 속 별들이 흔들렸다.
"펄, 내 말 믿어. 여자와 좋은 일이 생겼다면 바로 너 때문일 거야."

그녀는 가지런한 이를 드러내며 웃었다. 나는 그녀 눈 안에서 별들이 난동을 부리기 전에 방안으로 그녀를 잡아당기고 서둘러 문을 닫았다. 달이 구름에 숨어버린 사위는 조용해졌다. 나는 어둠 속에서 그녀를 찾았다. 흐린 달빛이 서리가 앉은 창문으로 들어왔다.

펄은 어디로 사라진 것일까. 나는 침대로 걸어가다가 화들짝 놀랐다. 이불을 걷어낸 자리에 알몸인 그녀가 엎드려 있었기 때문이었다. 창문으로 들어온 달빛이 그녀 왼쪽 어깨에 내려앉아 보석처럼 반짝였다. 등을 타고 흘러내리다 허리에서 사라진 달빛이 엉덩이에 걸려 있었다. 펄의 작은 몸에서 힘차게 솟아오른 엉덩이는 방안의 모든 빛을 빨아들이고 있었다.

순간 기숙사에 사는 일 주일간 내가 만났던 모든 유령의 즐거운 웃음소리가 들리는 듯했다. 그녀의 마른 나무줄기 몸에 생명을 키워낸 튼실한 검은 엉덩이가 흰색에 주눅 들린 내 황토색 성기에 닿자 나는 사시나무처럼 떨며 흥분하기 시작했다.

그녀는 생명을 기리는 흑진주였다.

모래 산에 오르면 보이는 끝없는 모래 바다와 저 멀리 사구에서 들리는 바람의 노래뿐이었죠 _ 이시백 사진

고비 주막

고비 주막

별똥별이 쏟아지는 초원의 밤. 몽골 고비사막 짙푸른 밤 하늘에는 별똥별들이 질주했다. 비가 내린 초원은 온통 부추밭 천지였다. 푸르공 트럭을 타고 사흘을 달려도 계속 부추밭이었다. 흰 부추꽃 냄새와 야생화 향기가 코끝을 파고들었다. 시골 상점에서 산 유기농 밀가루에 부추를 잘라 넣고 부추전을 부쳤다면 누가 믿겠는가. 사막이 시작되는 지점까지 가도 가도 끝이 없는 부추밭이 지천으로 널려있었다.

수십 킬로미터가 한눈에 들어오는 초원에서는 한 번쯤 목 놓고 울어야 한다고 누군가 말했다. 그래야 그간 막힌 가슴의 응혈이 풀려 시원해질 거라고. 아니면 캄캄한 별밤에 알몸으로 일어나 사막을 달려보기를 권했다. 물론 농담이지만, 벗고 달리기엔 사막은 시작도 끝도 없이 광활하였다. 농담을 진담으로 받아들인 나는 한밤중에 일어나 숨이 턱에 차서 쓰러질 때까지 사구를 달려보았다. 지쳐 쓰러지자 멀리 늑대 울음소리가 들렸다.

이번 여행에서 만난 형의 하얀 머리가 어린 왕자처럼 연보라 목도리를 따라 바람에 날렸다. 피곤한 사막여행자를 위해 형과 나는 게르 안에서 주막을 열었다. 나를 처음 보자마자 형은 뜬금없이 부추전이 먹고 싶다고 말했다. 시원의 공간인 초원에 널린 부추를 따서 전을 부쳐 먹자는 제안에 호탕하게 웃으며 재료를 준비했다. 고비사막 여행을 온 사람들은 제각기 사연이 많아 보였다. 밤이 오자 게르 방장인 나는 여행용 간편 조리도구 일체를 펼치고 간편 요리를 만들었다. 보드카를 들고 주막에 찾아온 도반들의 살아온 이야기를 들을 수 있었다. 주막은 저녁 술기운에 취해 듣는 고해성사 장소인 셈이었다.

— 우리 일행 외에도 정말 많은 사람이 사막을 찾아왔더군요. 황무지에 서서 지는 해를 바라보면 상념이 사라지기도 하죠. 사구를 걷다 보면 점점 더 깊숙한 곳으로 들어가게 됩니다. 자신도 모르는 사이에 자꾸 더 큰 모래언덕을 기어오르게 되고요. 바람에 묻혀 사라지는 발자국을 남기고 가는 거죠. 언덕 너머에 바다나 신기루가 있을 것 같았죠. 제일 높은 모래 산에 오르면 보이는 끝없는 모래 바다와 저 멀리 사구에서 들리는 바람의 노래뿐이었죠. 사는 게 별거 있습니까. 결론은 있는 돈 없는 돈 다 끌어 쓰고 즐기다 죽는 게 상책이란 말씀.

사막에 와서 보드카를 마시며 스스로 용서를 비는 주막의 밤! 사막에서는 정말로 목이 말라서 술이 술술 들어갔다. 밤에 비가 내려 춥기도 하고 갈증 때문에 보드카를 물처럼 마셨다. 평소 자신에게 엄격한 잣대를 들이대던 이들도 어느 순간 초원에 방목한 양떼처럼 자신들을 풀어놓았다. 남의 살아온 이야기를 자연스레 들었다. 가족사도 풀어놓아야 할 범주에 속하기에 털렸다. 천인공노할 남편, 패악질 시어머니와 바람피운 이야기가 재미로 치면 요즘 끝장 드라마는 저리 가라였다.

사막이나 초원에서 그런 개인사 이야기를 하고 들으면 어느 정도 치유가 되는 모양이었다. 사막과 초원의 주술적 힘이 이야기를 먹어치우는 것 같았다. 그런데 잠깐 떠나온 고국에서 벌어지는 서로 짓밟고 모욕하고 물어뜯는 뉴스가 더 막장이 아닌가. 원래 막장은 광부들이 지하 수백 미터에서 땀 흘려 일하는 신성한 공간이다. 불행과 폭력이 난무하는 공간이 절대 아니었다. 웃음으로 갈무리되는 여러 이야기가 오가는 저녁마다 나는 김치전, 감자채전, 수제비, 떡국, 얼큰 칼국수, 삼겹살과 햄 소시지구이를 안주로 내놓았다. 보드카를 마시기 위해 몽골 시골 마을에서 구한 음식 재료와 서울에서 가져온 즉석식품으로 요리를 했다. 머리와 어깨에 내려앉은 별빛을 털며 고비 주막으로 고개 숙이고 들어오는 모든 순례자를 위해서.

그들 중 세 명의 여자가 주막의 단골손님이었다. 우리는 서로 별명을 짓고 부르기로 했다. 만나면 나도 모르게 웃게 하는 마리아, 어느 순간 우리 곁에 와 편안한 말동무가 되어주는 버들이, 취하면 자유로운 춤사위를 펼치시는 주모님이 그들이었다. 주방장인 내가 바빠서 그네들이 서로 술을 따르거나 보살펴야 했다. 한두 번 주막을 차리니 모두 형제자매처럼 친해졌다.

어느 날 그중 한 여성 도반님이 울고 있다가 웃는 것인지 웃고 있다가 우는 것인지 알 수 없었다. 마리아였다.

— 왜 울어요?

내가 물었다. 고비로 오기 몇 달 전 교통사고로 남편과 아이가 죽었다고 이제 대놓고 목 놓아 울기 시작했다. 슬픔이 얼마나 뼈에 사무치고 한이 맺히면 우는 얼굴이 웃는 얼굴처럼 보이는 걸까.

— 뼛가루를 조금씩 가져와서 뿌렸어요. 사막에 여행을 가기로 했거든요.

— 사막은 슬픔 저장소이니 마른 모래에 눈물을 파묻어야지요.

이야기를 듣고 앉아있던 형이 말했다. 우리에게 술 취한 형은 사제와 같았다. 내뱉는 말이 마음의 위안이 되고 그대로 시가 되는 기분이랄까. 이번에는 자칭 주모가 고백했다.

— 평생 속 썩인 원수 덩어리와 갈라서고 그 기념으로 놀러 왔어요.

— 왠지 마두금 타는 소리처럼 측은하네.

젊은 여자 버들이도 또박또박 말을 이었다.

— 결혼을 앞두고 남자친구가 바람을 피웠습니다. 미워 죽을 것 같아서 파혼을 결심하고 사막으로 왔어요. 제가 이놈을 용서할 수 있을까요?

— 사구가 바람에 움직이며 내는 소리는 실연당한 자가 우는 소리. 이 세상에서 가장 슬픈 소리입니다. 자고로 사랑은 칼로 물 베기라던가.

밤은 깊어가고 있었다. 문밖에서 부는 비바람은 게르 천막을 두드렸다. 저마다 안고 가는 슬픔은 이제 내려놓고자 건배! 일일이 응대하기도 귀찮아서 나는 건배를 제안했다.

그런데 말이다. 처음부터 아무 말도 안 하고 구석에서 보드카를 연거푸 마시고 있던 늙은 사내가 머뭇거리다가 용기를 내서 입을 열었다.

— 난 충정훈련을 받고 출동한 공수부대였지. 명령이니까 어쩔 수 없이 사람을 죽였어. 난 아무래도 민간인을 조준해서 쏠 수가 없어 허공에 갈겼어. 시체를 트럭에 실었지. 아직 숨이 붙어 있던 여자가 살려달라는 마지막 피에

젖은 목소리가 아직도 생생하게 들려오는 것 같네.

모두 할 말을 잃어버렸다. 낮은 탄식이 흘러나왔다. 말 등에 올라타고 부르는 독특한 허밍 발성 같았다. 나는 들고 있던 보드카를 입안에 털어 넣었다.

— 안타까운 것은 오늘이라는 보물이 눈앞에서 사라지는 것을 보는 일입니다. 오늘 진실 앞에서 눈 감고 말 없는 우리가 모두 가해자입니다.

이 또한 사막에 부는 바람처럼 지나갈 것이니 이번 고비를 잘 넘기를 바란다고 형이 말했다. 고비사막 날씨는 변덕이 심했다. 바람결에 비가 흩뿌리는가 싶더니 우박이 내리고 있었다. 게르 천막 지붕을 두드리며 내리는 우박 소리는 치유의 음악이었다. 수백 개 작은북이 울었다. 마지막 수제비가 끓고 있었다. 사람에게 질려서 애인에게 차여서 그냥 세상이 싫어서 고비까지 온 도반들에게 바치는 마지막 안주였다. 술이고 뭐고 나는 피곤해서 만사가 다 귀찮아졌다.

형도 지병인 심장병 때문에 피곤한지 마지막 건배를 제안했다.

— 그저 함께 지낸 고비의 시간이 이따금 돌아보는 빛바랜 기억이 되기를 바랄 뿐입니다. 외로울 때마다 고비사막의 쓸쓸함이, 힘들 때마다 지나간 시절의 불편하고 힘들었

한눈에 들어오는 초원에서는 한 번쯤 목 놓고 울어야 한다고 누군가 말했다 _ 이시백 사진

던 기억들이, 위로로 다가오기를 바랍니다. 건배!

초원에서 보낸 마지막 날 밤, 형과 나는 부추밭에 누워 말러 교향곡 4번을 들었다. 무수한 별빛 장엄한 밤하늘을 보며 다음 삶을 잠깐 생각했다. 별을 헤아리다 보면 나이를 잊고 천국에서 살아보고 싶은 마음이 생기는 걸까. 서울로 돌아가 마주칠 생활도 더 피폐하지 않기를 빌었다. 이번 생이 지옥이면 어떻고 천국이면 어쩌랴 싶었다. 이 세상에서 가장 믿음직한 칭기즈 보드카 반병이 내 손안에 있었으니까.

누님과 함께 알바를

『The Tree of Karma-Day』 1120×1450㎜, Acrylic & Mixed media _ 박인 그림

빨강 빵모자

빨강 빵모자

　큰일 났네. 모자를 잃어버렸다. 학교 수업을 마치고 집으로 돌아가는 길에서 허전한 머리를 어루만지다가 알았다. 산들바람에 흔들리는 언덕길 노란 들꽃을 보다가 현기증이 났다. 하늘이 노래져서 바닥에 털썩 주저앉아버렸다. 큰누나에게 혼날 생각에 나는 허둥거리며 오던 길을 돌아서 내려갔다. 3학년에 올라간 내게 큰누나는 모자를 선물했다. 모자 가운데에 꼬투리가 삐죽 달린 빨강 빵모자. 심약한 내게 힘이 되어준 빨간 베레모. 아무리 생각해도 어디에서 잃어버렸는지 모르겠다. 산동네 언덕길을 내려오다가 마주친 미친 바람결에 하늘로 날아갔을까. 날아오른 모자를 까치가 물고 간 것일까. 미루나무 까치집을 올려다보았다. 마법에 걸린 모자가 빨간 새가 되어 날아간 것일까. 교회 첨탑에 구름이 걸려 있다. 교회 문을 열고 컴컴한 안을 들여다보았다. 부활절과 크리스마스에 빵과 떡을 공짜로 나눠주었다. 창피하지만 그것을 먹기 위해 교회에 갔다. 교회를 보면 죄를 지은 기분이 들었다.

　초등학교 교실은 문이 잠겨 있었다. 창문 틈으로 내가 앉

앉던 책상과 의자를 살펴봤지만, 모자는 없었다. 교무실에 가서 선생님에게 도움을 청할까, 하고 잠깐 망설였다. 하지만 이런 일을 혼자서 잘 해결하는 어린이가 되고 싶었다. 상필이와 싸운 일도 혼자 잘 해결해야 했다.

나는 오늘 일어난 일들을 기억하려고 애를 썼다. 수업이 끝나고 학교 앞에서 물방개 놀이를 하는 아저씨가 가져갔을까. 깡통을 잘라서 만든 작은 수영장 물통에서 물방개가 헤엄을 치고 있었다. 미니 수영장 가장자리에 있는 여러 칸막이 중 한 곳으로 물방개가 들어갔다. 번호가 적혀 있는 칸마다 맛있는 초콜릿 과자, 멋진 로봇 장난감, 비싼 캐릭터 피규어 등이 상품으로 걸려 있었다.

"이제 그 빨간 모자를 걸고 한 번 해보지 않을래?"

아저씨가 돈을 잃은 내게 말했지만 나는 고개를 좌우로 흔들었다.

"이기면 여기 있는 모든 것 가져갈 수 있다. 물방개에게 소원을 빌어봐."

전에도 몇 번 했지만 거의 허탕을 치는 경우가 많았다. 아이들 틈에 껴서 물방개 수영을 정신없이 구경했다. 물에 내 혼이 빠지기 직전에 일어섰다. 문방구 옆에 떡볶이집이 있다. 맛있는 떡볶이를 침을 삼키며 보다가 모자를 잃어버린 것일까. 돈을 내고 좌판에서 일인분 다섯 개만 집어먹어야 하는데 늘 나는 눈치를 보며 여섯 개를 먹었다. 주인 할머니는 아예 내다보지도 않았다. 알고도 모른 척했다. 너무 매워서 이마에 맺힌 땀을 닦으려고 모자를 벗어버린 것일까. 새벽에 일어나서 잠든 큰누나 몰래 지갑에서 지폐를 꺼냈다. 그 훔친 돈으로 오락실에 가서 게임을 했다. 게임 하는 데 정신이 팔려서 모자를 두고 온 것일까.

아니면 상필이가 가져갔을까. 임금님 귀는 당나귀 귀,라고 놀리며 내 귀를 잡고 교실과 복도를 끌고 다니던 상필이가 눈독을 들이던 내 모자. 내 뒤에 앉아 내 모자를 뺏어 쓰고 시시덕거리던 상필이. 보다 못한 내 단짝 선옥이가 선생님께 일러바친 후에야 나는 모자를 돌려받았다. 뾰족한 연필로 내 등을 찌르고, 쉬는 시간에 레슬링 기술로 내 목을 조르던 나쁜 놈. 친구가 아니라 원수였다. 덩치가 큰 그 아이가 무서워서 학교에 가기 싫었다. 다른 친구들 물건도 빼앗거나 훔치던 그 상필이가 내 모자를 가져간 것일까.

나는 모자를 찾으러 학교 건너 산동네에 사는 상필이네 집으로 갔다. 모자를 꼭 찾아야 한다는 생각을 하며 찻길을 가로지르다 차에 치일 뻔했다. 운전사가 차창 밖으로 고개를 내밀고 욕을 했다. 고개를 숙여 사과했다. 땀을 삐질삐질 흘리며 산길을 올랐다. 목이 마르고 거의 반쯤 얼이 빠진 상태였다. 상필이 집은 산동네 맨 꼭대기 판자촌에 있다. 너덜거리는 루핑을 씌운 지붕 낮은 집에 사는 사람 목소리는 밖에서 잘 들렸다. 천막으로 만든 문 안에서 가르랑거리는 남자 목소리가 흘러나왔다. 나는 문틈으로 깊은 마당 안을 내려다보았다. 등진 어른의 비쩍 마른 손에 빗자루가 들려 있다. 언젠가 본 상필이 아버지는 병치레로 두 눈이 푹 꺼져 있었다.

"이 빨간 모자 누구건데 가져왔니? 길에서 주워왔다는 게 말이 되는 소리냐?"

폐가 나빠서 기침을 연신 하는 아버지에게 상필이는 두 손으로 빌고 있었다. 악질처럼 나를 괴롭히던 아이가 울고 있었다. 나는 고개조차 돌리지 않고 산길을 내려왔다.

"빨간 베레모 어디 있니?"
저녁에 퇴근한 큰누나가 물었지만 나는 고개를 숙이고 아무 말도 하지 않았다.

누님과 함께 알바를

"뭘 사주면 늘 잃어버려요. 애가 약간 모자라나 봐."

　누나가 화를 내며 말했다. 나는 몸살이 나서 온몸이 불덩이처럼 열이 났다.

　그날 밤, 빨강 모자는 길거리에 낙엽처럼 굴러다니고 있었다.

　지붕 위에 고양이처럼 날렵하게 뛰어다녔다.

　철새처럼 날아가다가 뒤처져서 산동네에 내려앉았다.

　담벼락에 도둑처럼 붙어 있다가 그림자가 되었다.

　동네에서 제일 높은 교회 첨탑에 걸려 펄럭거렸다.

　이윽고 하늘로 날아가서 예수님 좌편에 떨어졌다. 예수님이 빨강 빵모자를 주워 가시면류관처럼 가슴에 대고 빈 손가락으로 이거냐고 물어보고 계셨다. 가슴에 흐르는 피를 보자 나는 다시 아주 큰 죄를 지은 기분이 들었다.

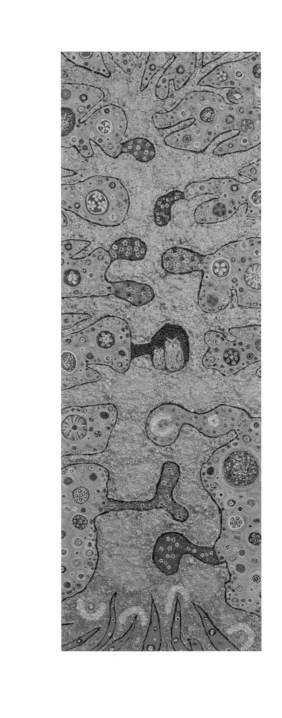

나는 벽에 그려진 하트처럼 퇴색되고 잊혀가는 H를 추억한다

벌꿀 Honey

벌꿀 Honey

H는 노란색 하이힐을 신고 내게로 왔다.

교통사고로 다리뼈에 금이 가는 상처를 입어 나는 정형외과 병실에 입원해 있었다. 죽음의 문 앞까지는 가 보지 못했지만, 병원 침대에서 오래 살다 보면 중환자가 따로 없었다. 떡 진 머리카락을 손가락으로 넘기며 나는 깁스를 한 발목으로 절뚝이며 걸었다. 가끔 찾아오는 지인들은 별 도움이 되질 않았다. 무엇보다 가슴 한구석을 채운 허전함이 발목 통증보다 더 아프고 쑤셨다. 주삿바늘도 진저리나게 싫었지만 외로움은 더 견디기 힘들었다. 물론 간절히 원한다고 사랑이 찾아오리라 기대한 건 아니었다. 맨몸뚱이만 남은 나는 외로웠다.

H가 병실 문을 밀고 들어온 것은 석고붕대를 감은 발목을 허공에 매달고 있을 때였다. 전시회 마감 날짜가 코앞이었다. 마무리 손길을 기다리다 내게서 버림받은 내 작품들이 화실에서 먼지를 뒤집어쓴 채 뒹굴고 있었다. H는 3년 전에 화실에서 내 가르침을 받던 학생이었다. H가 문을 열었고, 태양이 지고 있었다. H는 내 심연으로 빛을 몰고

왔다. 침대 옆에 무릎을 모은 H는 내 이마에 손바닥을 얹었다. 따뜻했다. 전기가 흐른 듯 오금이 저렸다. 천사에게 세례를 받는 기분이랄까. 우리의 첫 만남은 그렇게 시작되었다. 퇴원하자마자 나는 작업실에 틀어박혀 작품을 마무리 짓느라 H를 거의 잊고 있었다.

사랑은 말이 아니라 몸으로 겪어야 하나. 작업실 방문을 알리는 문자가 뜨고 H가 왔다. 드디어 H는 내가 연출한 인생에 찬조 출연한 것이다. 그녀는 주로 손수 만든 쿠키나 케이크를 들고 왔다. 몸과 마음은 원래 하나라 했던가. 몸이 가는 곳에 마음이 갔다. 그런데 몇 차례 연애에 지친 나는 마음은 가는데 몸이 따로 놀았다. 몸이 달아오르면 마음은 그렇지 못했다. 원래 나는 그런 인간이었다.

— 건강해 보여요. 부러진 다리는 어때요?

H는 웃옷을 벗고 더운지 손부채질을 했다. 블라우스 옷깃 사이 봉긋한 가슴골이 드러났다. 가느다란 발목 위로 다리 근육은 넓적다리를 수직으로 가로질러 올라붙은 탱탱한 엉덩이와 만나고, 그녀의 볼륨 있는 상체 위로 하얀 얼굴이 보였다.

— 서서 작업하면 아직 많이 아파요.

나는 말했다.

— 제가 뭐 도움이 될 만한 일이 없을까요? 뭐든지 힘껏 할게요. 부탁만 하신다면.

나는 고개를 끄덕였다. H는 웃었고 청바지 지퍼를 내리고 다리를 번갈아 빼냈다. 블라우스 단추가 반쯤 풀리자 나는 벌린 입을 다물지 못했다. 벌꿀이 묻은 듯한 H의 입술과 넓적다리를 바라보았다.

몸과 마음을 분열시키는 그런 피곤한 사랑을 나는 거부했다. H하고는 육체적 사랑에 매진할 것이었다. 물론 힘이 부칠 때까지만. 블라우스를 거칠게 벗긴 나는 H의 허리를 잡았다. 손가락은 엉덩뼈로 미끄러져서 들어갔다. 나는 상상으로 그리던 H의 엉덩이를 힘껏 끌어안았다. 그녀의 갈비뼈가 내 얼굴에 닿았다. 그녀의 마른 갈빗대가 미세하게 떨리는 것일까. 나는 느꼈다. 12쌍 갈비뼈에 둘러싸인 그녀 흉곽을 통해 빠져나오는 바람 소리는 어찌 들으면

꿀벌의 잉잉대는 날개 떨림 같았다.

작업실에 딸린 내 방에서 H는 요리했고 청소를 했다. 그리고 나라는 인간을 통째로 불태워 버리듯이 육체적 사랑에 집착했다. 잠들었다 깨어나면 머리맡에 구운 쿠키들이 접시에 있었다. 떠나기 전, 작업실 벽에 육각형 벌집 모양을 그린 H는 그 안에 노란색 하트를 심어 놓았다. 발목이 아프다고 너스레라도 떨면 식탁에는 저녁 식사가 차려져 있었다. 그녀는 천사였다. 내 발목이 완전히 회복되자 그녀는 떠났다.

앞으로 그런 사랑을 다시 받을 수 있을까. 가끔 나는 그녀가 다른 남자를 돌보는 꿈을 꾸었다. 깨고 나면 질투에 사로잡히곤 했다. 지금도 가슴이 미어진다. 나는 벽에 그려진 하트처럼 퇴색되고 잊혀가는 H를 추억한다.

『An imaginary town』 1120×1620㎜, Acrylic＆Mixed media _ 박인 그림

호텔 파라마타

호텔 파라마타

"냉장실 바닥이 엉망이야. 도대체 주방 위생 상태는 왜 이 모양이지?"

금발 머리카락 사이 수잔의 푸른 두 눈이 찌푸려 있다. 수습 기간 중인 보조 매니저 제임스를 야단치는 중이었다. 호텔 직영 레스토랑 매니저인 그녀는 특히 나 같은 검은 머리 아시안 유색인종들에게 말을 섞지 않았다. 되도록 멀리 떨어져서 대화했다. 그런데도 멀리서 본 그녀는 원색적으로 아름다웠다. 호텔 사장이 숨겨놓은 애인이라고 마오리족 접시닦이 제이컵이 비웃었다. 하여튼 대학을 졸업한 지 3년 만에 수잔은 레스토랑 수석매니저가 되었다. 제이컵은 대걸레와 물통을 들고 냉장실 바닥을 청소하러 갔다. 분사기 호수를 힘껏 당긴 나는 접시에 남은 음식 부스러기를 씻었다.

접시와 식기와 온갖 그릇들이 조리실로 밀려들어 왔다. 연회용 테이블보 위에 먹다 남은 음식과 술과 음료 들이 수십 개 가득 실려 왔다. 땀과 물기에 젖어 축축 늘어진 작업복은 상체와 넓적다리에 달라붙었다. 고무장갑 낀 손은

불어 있었다. 하얗게 허물이 이는 손가락을 닦을 틈새도 없이 요리사들의 크고 작은 냄비, 주철로 만든 팬과 조리 도구들이 밀려와 자동 식기 세척기 앞에 언덕처럼 쌓였다.

내가 처음 시드니로 가서 한 일이 파라마타 호텔 주방 일용직 접시닦이였다. 한때 한국인에게 호주는 천국으로 보였다. 실업수당이나 타면서 누드 해변에 누워 열대과일이나 먹을 생각이 전혀 없지는 않았다. 그러나 천국은 가 본 사람만이 안다. 호주뿐만 아니라 이 세상 어디에도 원래 가난한 자들에게 천국은 없다.

서울을 떠난 후, 매우 심한 문화충격에 휩싸인 초보 이민자인 내게 시드니는 이방의 땅일 뿐이었다. 도착하자마자 1년 동안 먹고살기 위해 일을 해야 했다. 낮에는 공사장에서 페인트공으로, 밤에는 택시 운전사로 뛰었다. 목구멍 포도청에 사식 넣을 돈도 벌고 이 모든 것이 소설적 경험에 살점을 붙이는 좋은 일이라 생각했다. 세상에 천국이란 애초에 없듯이 죽어서나 가는 천국이 나는 당장 필요하지

누님과 함께 알바를

않았다. 혹여 천국에서 시인 패터슨처럼 버스운전이나 하면서 시를 쓰면 좋겠지만 말이다.

낮에는 대학교에 다니느라 저녁 5시경에 엔진이 덜덜거리는 고물차를 끌고 호텔 근처에 도착했다. 나는 되도록 호텔에서 멀리 떨어진 동네 공원 후미진 곳에 차를 대고 걸었다. 주차위반 벌금 딱지를 떼면 하루치 일당을 날려야 했다.

약혼녀를 서울에 두고 온 나는 시드니 외곽에서 혼자 살았다. 살을 비비며 사랑해야 할 사람이 밤마다 가슴에서 깨어날 때 절절한 아픔이 느껴졌다. 약혼녀 초청은 거의 10개월이 걸렸다. 꿈과 가슴에만 새겨진 사람과 한집에 같이 살기 위해 나는 죽기 살기로 일할 수밖에 다른 도리가 없었다. 수잔의 잘록한 허리와 아름다운 몸매를 보면 약혼녀 생각이 났고 새벽에 돌아와 수음했다.

백인 요리사들에게 수잔은 우아하고 상냥한 여자였다. 그런 그녀는 손가락 끝을 까딱거리며 제임스를 불렀다. 아버지가 이탈리아 출신인 제임스는 대학에서 호텔경영학과를 갓 졸업한 백인 청년이었다. 잘생긴 외모로 인해 젊은 여종업원들에게 인기가 많았다. 유머 감각이 좋은 그도 상사인 수잔 앞에서는 발아래 쥐 신세였다. 무슨 지시사항을 여겼는지 면박을 당하기 일쑤였다. 제임스는 뒷짐을 진 자세로 수잔의 비난을 들었다. 수잔은 정색하다가도 가끔 엷은 미소를 지은 얼굴로 그를 바라보았다. 제임스는 야단을 맞고 식기 세척기 앞을 지나가면서 나와 제이컵을 보고 혀를 내밀며 고개를 좌우로 흔들었다.

여느 날과 다르지 않은 그날 밤 12시 무렵, 어느 정도 그릇과 냄비 정리가 끝내고 휴식 시간이 주어졌다. 요리사가 20명인 제법 큰 호텔 레스토랑에는 주말마다 결혼식 파티가 열렸다. 나는 밀려드는 접시와 그릇 들을 닦아서 상자에 종류별로 넣고 자동 세척기에 차례로 밀어 넣었다. 동시에 기계에서 빠져나오는 그릇들을 종류별로 말리고 분류해서 선반에 정리해야 했다. 고된 노동이었다. 제이컵은 야간 당직이 보이는 않는 곳에서 쉬려고 사라졌다. 나는 직원식당에 가서 질긴 스테이크 조각을 씹고 앉아서 잠깐 공상에 빠졌다. 부엌 바닥만 청소하면 늙은 차를 끌고 피곤한 몸을 쉬게 집으로 갈 예정이었다.

"프란시스, 내 말 들어 봐. 비품창고에서 내가 뭘 보았는지 알아? 수잔을 보았어."

쌍꺼풀 짙은 눈을 크게 뜨고 제이컵이 말했다. 매일 8시면 퇴근하는 수잔이 창고에 있다니. 유령을 본 것인가. 식자재와 비품을 보관하는 제법 큰 창고 안에는 사무실이 있고 구석에 수석요리사가 쉬기 위한 간이 침대가 놓여 있었다. 그 침대에서 제이컵이 본 것은 분명 수잔이었다. 치명적으로 아름다운 그녀의 벗은 몸 위에 제임스의 건장한 알몸이 겹쳐 있었다.

제이컵은 왜 내게 그 장면을 실연을 곁들여 생생하게 묘사했을까. 식당 안으로 옷매무새가 흐트러진 수잔이 정색을 하고 들어와서 제이컵을 불러냈다. 나는 수잔의 뒤를 따라가는 제이컵의 구부정한 뒷모습을 바라보았다. 바닥 청소를 마무리하기 위해 부엌으로 돌아가는 길에 나는 제이슨을 보았다. 그는 헝클어진 머리카락을 휘날리며 황급히 직원용 후문 쪽으로 달려갔다.

내가 호텔에서 마지막으로 본 그들의 뒷모습이었다.

해부학 교실

해부학 교실

냉동고에서 죽은 맥도날드 할아버지 알몸을 꺼내 시상면에서 절반으로 잘랐을 것이다. 실습용 시신은 머리에서 성기까지 정확하게 반으로 나누어져 있다. 한쪽 뇌와 척추가 절단면을 보이고 누워 있다. 나머지 절반은 부위별로 해체되었다. 피부와 지방층이 벗겨지고 드러난 뼈와 해부된 근육과 분리된 장기들이 은빛 침상 위에 놓여 있었다.

약물중독으로 죽은 마릴린 먼로를 닮은 여자의 의학연구용 사체가 똑같은 방법으로 해부되었다. 작은 깃발 번호표들이 뼈와 근육과 신경계 부위별로 여러 개 붙어 있다. 해부학 실습시험을 통과하기 위해 나는 노트와 족보를 뒤적이며 낯선 용어들을 외우기 시작했다. 교실에는 폐, 심장, 신장과 소화 기관들이 방부제 용액 유리병들에 담긴 채 햇살이 내리는 창가에 진열되어 있었다.

한순간 내 눈에 박히듯 들어온 것은 죽은 갓난아이의 두개골이었다. 피지도 못하고 사라져버린 어린 생명의 머리뼈가 선반 위에 놓여 있다. 아직 단단히 여물지 않아 가볍

크샤트리아 가문 출신 교수는 저승사자처럼
교실 출입문을 막고 서 있었다 _ 박인 사진

고 부서질 것 같은 머리뼈를 나는 자세히 바라보았다. 이
마뼈와 마루뼈 사이에 부드럽게 열린 숫구멍이 생명의 흔
적을 간직하고 있는 것처럼 느껴졌다. 나도 모르게 마릴린
의 생식기를 바라보았는데 그곳의 자궁은 텅 비어 있다.
그때였다.

"모두 동작 그만."

육중한 문이 열리고 들어온 해부학 여교수는 학생들을
향해 소리쳤다. 인도인 특유의 악센트로 화를 억누르는 목
소리였다. 대형 스테인리스 침상에 담긴 포르말린 용액에
누워 있는 좌우로 절단된 시체들을 보고 만지던 실습생들
은 모두 제자리에 멈췄다. 두 눈을 부릅뜬 교수는 어정쩡
하게 서 있는 실습생들을 노려보며 말을 이었다.

"인체구조에 대한 학습을 통해 의학의 근본인 인간에 대
한 이해를 돕고, 생명의 중요성을 인식시키는 데 해부학
교육의 목표가 있다. 여기 이분들이 커대버로 누워 있지

누님과 함께 알바를

만, 한때는 아름답게 살았던 인간이었다. 누군가의 아버지였으며 누군가의 딸이었다. 예절을 갖추고 감사하는 마음으로 다루어져야 마땅하다. 그런데."

교수는 잠깐 입술에 침을 바르고 말의 톤을 높였다.

"엄청난 사건이 일어났다. 해부학 교실 역사에 이런 치욕적인 일은 처음이다. 모두 커대버에서 물러나서 의자에 앉아라. 그리고 눈을 감아라."

그렇지 않아도 실습생들은 긴장과 공포에 신경과 근육이 뭉쳐 있는데, 눈 밑에 처진 주름이 검게 변한 크샤트리아 가문 출신 교수는 저승사자처럼 교실 출입문을 막고 서 있었다.

"프란시스, 눈 감으라니까."

실눈을 뜨고 주위를 살피던 나를 향해 교수는 큰소리로 주의를 환기하였다. 나는 눈과 어금니를 동시에 질끈 닫았다. 교수는 욱한 성질을 누르는 듯 말을 이었다.

"지난주 실습 시간 후 시신의 일부가 없어졌다. 나는 더는 이런 수업을 진행할 수 없다."

사체의 일부를 누가 가져갔을까, 여기저기서 웅성거리는 소리가 들렸다.

"이 사건이 해결될 때까지 너희들은 오늘 집에 갈 수 없다. 분명히 말하는데 범인은 이 안에 있다. 눈을 감은 채 내게 조용히 정직하게 손을 들면 없었던 일로 하겠다. 만약 범인이 안 나타나면 너희들 모두 해부학 시험 낙제를 면하지 못할 것이고 알다시피 유급될 것이다."

해부학 교수가 문을 세게 닫고 나가고 조교가 팔짱을 낀채 거들었다.

"내 경험상 교수님은 반드시 너희를 유급시킬 것이다. 저기 아이 두개골 옆에 놓여 있던 태아의 머리뼈가 지난주이 시간에 없어졌다. 누가 가져갔는지 우리는 알고 있다. 십분 시간을 줄 테니 자수해라."

누가 머리를 가져갔을까. 빨리 자수하고 도로 갖다 놔라. 조교마저 나가자 실습생들은 서로를 둘러보며 웅성거렸다. 이십 분이 지나고 삼십 분이 흐르자 교수가 다시 들어왔다.

"모두 눈 감아. 눈을 뜬 사람이 범인으로 알겠다. 태아머리뼈 가져간 사람 좋은 말할 때 조용히 손을 들어라. 경찰이 오고 있다. 다른 친구들이 이유 없이 시험도 못 보고범죄자 취급을 받아야 하겠니?"

십 분이 다시 흘렀다. 숨소리도 들리지 않았다. 나는 겨드랑이가 간지러웠다. 왜 그런 생각이 들었는지 지금도 모

르겠다. 단지 손을 들고 이 상황을 종료하고 싶었다. 내가 땀에 젖은 손을 들려고 할 때 목소리가 들렸다.

"눈 떠라. 오늘 실습시험은 다음 주에 치르겠다. 모두 수고했다."

내면이 해부되는 시간이 얼마나 흘렀을까. 무표정한 얼굴로 교수가 실습생을 바라보았다. 긴장이 풀린 실습생 모두 선뜻 자리에서 일어나질 못했다. 십년감수한 얼굴들이 삭아 보였다. 포르말린과 소독약 냄새가 폐부를 찔렀다. 어지러웠다.

그날 밤부터 내 꿈속에서는 맥도날드 할아버지가 지팡이를 짚으며 양로원으로 들어가고 있다. 살아생전 마지막 식사인 햄버거를 들고 있는 모습이다.

어린 여자아이 머리가 어두운 창문 밖을 내다보고 있다. 목 놓아 울고 있다.

그날 그 시간 이후 음독한 마릴린의 목숨이 계속 끊어지고 있었다. 숨을 가쁘게 쉬며 떠나간 사랑을 부른다. 부러진 손톱이 카펫에 박혀 있고 검붉은 피가 입에서 흘러나오고 있었다.

가는 길

멈출 수 없는 그곳으로 모두 가는 길이 아닌가. 그리고 그는 먼저 갔다 _ 박인 사진

가는 길

　그날 나는 운전만 70㎞를 했다. 주행 시간은 총 4시간이 었다. 경기도에 있는 대학병원으로 문상을 갔다 오는 코스 였다. 내비게이터가 친절하게 안내해 준 최적 경로는 아주 지루한 강변북로 퇴근길이었다. 30분간 시속 10㎞로 달리 는데 중간에 멀미가 날 정도였다. 후배 K의 부음을 어제저 녁에 전해 듣고 우선 황망했다. 나이도 어린놈이 뭐가 급 해서. 온종일 일이 손에 잡히지 않았다. 그리고 황망함 뒤 를 이어 미안한 감정들이 따라왔다. 병원에 입원해 있을 때 한 번밖에 못 갔다. 병원비가 부족하다고 그의 아내가 전화했을 때 도와주지 못했다. 하다못해 막걸리 한 잔이라 도 자주 안 사준 것까지 마음에 걸렸다. 후두암 말기에 입 원한 K와 필담으로 나눈 달포 전 대화마저 마음에 걸렸다.

　"형. 작년 봄날 아침이었어."
　"뭐가?"
　"이놈이 내게 찾아온 것이."

　수첩에 글을 쓰고 K는 목 부위 호스를 넣은 구멍을 손가

　　　　　　　　　　　　　　　　박인 스마트소설

락으로 가리켰다.

"그러게. 담배 좀 끊으라고 그랬잖아."
"운명."

K는 웃더니 마저 글을 마무리했다.
"먼저 가 있을게. 곧 따라와. 지옥에서 한잔합시다."
"소식이나 전해주게."

죽는 마당에 농담하지만 속은 타들어 갔을 것이다. 홀로 남을 K의 아내와 두 아이를 생각하면 내 속이 편치가 않았다. 나는 아직 죽음을 경험한 적이 없지 않은가. 멈출 수 없는 그곳으로 모두 가는 길이 아닌가. 그리고 그는 먼저 갔다.

"평소에 두 분 사이가 정말 좋았다고 들었는데, 많이 힘드시겠어요."
장례식장을 나오는 길에 나는 후배의 아내한테 짧은 인

사를 건넸다.

"사이가 좋기는요. 알면서. 선배님도 살아봐서 알잖아
요."

그녀의 여유로운 표정에서 나오는 의외의 대답에 잠시
혼란스러웠다. 내가 살아봐서 알고 있는 그것이 뭘까? 고
만고만한 인생이 죽음 앞에서는 별 차이가 없다는 것일까.
아니면 말기 암 환자를 보내고 난 체념 때문일까. 그녀는
자신이 결혼생활을 통해서 알게 된 경험을 나도 알고 있을
것이라고 확신하고 있었다.

예전에 정신과 의사가 한 말이 머리를 스치고 지나갔다.
평소 사이가 무척 좋은 부부는 배우자의 죽음이 그렇지 않
은 경우의 배우자에 비해 배로 힘들고 혼자 된 상황에 적
응하는 시간도 길다고 했다. 그때 나는 신은 참 공평하시
다는 생각을 하며 동전의 이면을 떠올렸다. 그럼 뒤집어서
말하자면, 사이가 나쁜 부부 중 홀로 남겨진 아내나 남편
은 홀홀 털고 일어나서 오던 길 되돌아가면 되는가.

부부란 무엇일까? 이 촌수조차 없는 인간관계란?
인간은 불완전하고 외로운 존재이다. 미완성으로 끝나는
부부의 길. 그 길은 또 다른 우리로 채워지며 이어지고 있
었다. 한여름 같은 무더운 봄날은 돌아오는 길에도 여전히

나의 친구가 되어주었다. K는 그렇게 우리 곁을 떠나간 줄 알았다.

　이틀 후 나는 K의 문자를 받았다. 죽어 멀리 있는 길 떠난 자에게서 온 문자라니. 나는 서둘러 문자를 열어보았다.

　'제가 가는 길에 와주신 여러분들에게 일일이 찾아뵙고 인사드려야 하는데 이렇게 문자로 대신하게 되어 죄송할 따름입니다. 항상 사람들의 소중함과 사랑을 중요하게 여기고 살았던 저는 함께해주신 여러분들 덕분에 행복했습니다. 저는 지금 하늘에서 환한 웃음으로 여러분과 함께하고 있습니다. 사랑은 죽음을 넘어서는, 영원하고 불변하는 진리라 믿고 살았습니다. 남아있는 가족들이 슬픔을 딛고 잘 살 수 있도록 죽어서도 최선을 다하겠습니다. 사랑 그 자체인 이 생애 마지막 길에 함께해주심에 진심으로 감사드립니다. 생명이 가득한 오월, 행복하시고 기쁨만 가득하시길 바라며 저의 마지막 사랑을 담아 인사 올립니다. 부디 안녕히 계십시오.'

　　　　　　　　　　　　　　　　　누님과 함께 알바를

평일 낮에 그녀는 시내 상점에서 일했고 나는 바닷가를 오가며 스케치 작업에 몰두했다
_ 박인 그림

유령 Ghost

유령 Ghost

해변이 아름다운 작은 도시에서 사는 G는, 바다라면 연상되는 태양 빛에 그을린 탄탄한 피부를 갖고 있지 않았다. G가 하얀 머플러를 바람에 휘날리며 산책하는, 단순히 바다를 좋아하는 소녀인 줄 알았다. 거의 한 달 동안 바닷바람에 까맣게 탄 내 얼굴은 G의 하얀 낯빛과 대비되어 보였다. 그녀는 산에서 살았던 늑대 아이처럼 야성적이면서 어찌 보면 숲의 요정처럼 기묘하게 아름다웠다. 오후 해변이 보이는 거리를 산책할 때마다 나는 G와 만났다. 우리는 가벼운 인사와 눈웃음을 나눌 뿐이었다.

하루는 그녀가 내가 두 달 예정으로 묵고 있는 바닷가 별장으로 놀러 왔다. G는 은색 가죽과 하얀 망사로 만든 하이힐을 신고 왔다. 미동도 없는 그녀의 상체는 가늘었다. 속이 비치는 연회색 반투명 치마에는 다리 그림자가 휘청거렸다.

그날 밤을 나는 그녀와 함께 보냈다. G의 몸에는 수천 볼트 전기가 흐르는 것 같았다. 믿기 어렵겠지만 이후 그녀와 섹스가 끝날 때마다 나는 전기에 감전된 것처럼 기절했다. 정신을 차리면 그녀의 머리카락은 미친 듯이 곤두서서 산발한 모습이었다. G는 손가락 끝을 전기 콘센트에 꽂아 넣기라도 한 것일까. 하지만 나뭇가지처럼 뻗친 머리카락을 G는 개의치 않았고 오히려 자신의 그런 꼴을 즐기는 것 같았다.

그녀는 그해 여름 한 달 동안 나를 계속 혼절시키려고 찾아왔다. 평일 낮에 그녀는 시내 상점에서 일했고 나는 바닷가를 오가며 스케치 작업에 몰두했다. G가 어디에 사는지, 어디에서 오고 어디로 가는지, 알 수가 없었다. 자유로운 영혼을 지닌 그녀는 별장을 드나들기를 맘대로 하였다. 그날 그 시간 분명히 나하고 이곳에 있었는데 다른 여러 곳에서도 같은 시간에 그녀를 봤다는 소문이 들리기도 했다. 하여간 이상한 아우라를 지닌 여자였다.

밤에 일부러 G를 두 팔로 품에 꼭 끌어안고 자기도 했다. 내게서 빠져나가지 못하도록 말이다. 십 분이 지나기도 전에 어김없이 혼절한 나는 잠 속으로 빠져들어 갔고, 그녀는 흔적도 없이 사라졌다. 손에 잡은 모래알처럼 빠져나갔다. 다시 나타난 그녀는 그러기를 반복했다.

별장을 떠날 날이 이틀 앞으로 다가오자 나는 초조해하며 G에게 사랑을 고백했다. 그녀는 핏기가 가신 얼굴에 미소를 담고 꼭 나를 만나러 서울로 가겠노라고 약속했다.

그 후 그녀는 소식이 없었다. 나 또한 작업이 바쁜 핑계로 잊고 지냈다. 가끔 G가 생각났다. 그렇다고 G를 아주 완벽히 잊은 것은 아니었다. 다음 해 여름 주말을 틈타 무작정 나는 그 해변 도시로 가서 그녀를 수소문했다. 그 좁은 도시에서 그녀의 행방을 아는 사람은 아무도 없었다. 그녀라는 존재는 이 세상에서 아예 유령처럼 사라진 것이었다.

그렇게 사라진 G가 우연히 나타난 것은 몇 년이 흐른 뒤였다. 그녀는 약간 지쳐 보였지만 여전히 야성적이고 아름다운 비밀을 품고 사는 듯이 보였다. G 곁에는 그녀처럼 하얗고 귀여운 작은 여자아이가 엄마의 손을 잡고 있었다. 머리카락 위에는 작은 나무 덩굴이 피어 있고 모녀는 나를 보고 활짝 웃어주었다. 그 후로는 모녀의 소식을 알 길이 없었다. 점쟁이에게라도 물어보고 싶은 심정이었다.

　　　　　　　　　　　　　　　　　　　누님과 함께 알바를

얼음공주
Ice princess

그녀는 녹는 척하다가 이내 빙하처럼 굳어졌다 _ 박인 그림

얼음공주 Ice princess

I는 15㎝가 넘는 흰색 킬 힐을 신고 있었다.

그녀를 처음 만난 곳은 백화점 명품관이었다. 모든 것이 얼어붙는 겨울 저녁이었다. 기상학자에 따르면 조만간 지구에는 소빙하기가 도래할 가능성이 있다. 지구온난화로 북극과 남극 빙하가 녹기 때문에 해수면이 급상승하고 있다. 그 여파로 극지와 저위도 지역 기후 사이에 불균형이 커지고, 고위도 지역의 기온이 크게 하락할 수 있다는 다큐멘터리가 이를 증언하였다. 어디까지나 다큐멘터리일 뿐 현재 진행형이 아닐 수도 있었다. 기상예보는 늘 불신을 사기 마련이었다. 나는 이런 말기적 이야기에는 관심을 가질 형편이 못 되는 소시민일 뿐이다. 한 치 앞도 내다보기 어려운 삶이 아니던가. 빙하가 녹아 홍수가 나면 배를 타고 다니지 뭐, 나는 심드렁하였다.

당장 오늘 닥친 강추위는 어쩌란 말이냐. 게다가 여자 친구 하나 없는 크리스마스가 다가왔다. 그제까지 멀쩡하게

누님과 함께 알바를

흐르던 강물이 얼어붙고 체감온도는 영하 20도를 오르내렸다. 아무리 추워도 먹고 살자면 일을 해야 했다.

명색이 배고픈 예술을 하자니 변변한 아르바이트조차 없었다. 간신히 백화점 주차 담당 아르바이트를 구했다. 경광등을 들고 차량을 빈자리로 안내하는 일이었다. 벨보이 재킷에 긴 코트를 입고 수신호를 하며 주차를 기다리는 차들을 통제하는 신호기 역할이었다. 쇼윈도하고는 거리가 멀었다. 백화점 지하 주차장이어서일까. 유니폼을 입은 내가 두더지처럼 느껴졌다.

한 달을 못 넘기고 기침이 쏟아졌다. 어린 시절 공기가슴증을 앓은 폐가 온종일 자동차 배기가스를 들이마시자 배겨내지 못한 거였다. 결국, 나는 팀장에게 사정을 말했고, 임시직 보안요원으로 자리를 옮겼다. 무전기를 들고 매장 구역을 돌며 고객들 안전사고를 예방하고 처리하는 일이었다. 절도범 감시와 야간 출입 통제는 내 적성에 맞았다. 경찰이나 경호원이 된 기분이랄까.

I는 해외 유명 명품을 고객 품에 안기는 소위 잘나가는 외판 매니저였다. 크리스마스와 연말연시를 함께 보낼 여자 친구가 간절했던 나는 백화점 내에서 가장 아름다운 그녀에게 데이트를 신청했다. 퇴짜를 맞을 줄 알았는데 예상 밖이었다.

크리스마스이브 밤에 키가 크고 늘씬한 I와 오색 트리가 휘황찬란한 거리를 걸었다. I는 나보다 한 뼘 정도 높이 올려다보였다. 나는 멋진 람보르기니 포스터를 받은 아이처럼 기분이 좋았다. 다만 그녀는 늘 냉정한 얼굴로 나를 내려다보았다. 몇 차례 만남이 이어졌다. 우리가 처음 사랑을 나눈 다음에도 I는 거의 미동조차 없이 죽은 듯이 누워 있을 뿐이었다. 얼어붙은 나무토막에 불을 붙이는 꼴이랄까. 분위기를 바꾸려고 농담을 던져도 그녀는 냉담하게 반응했다. 침대에 누운 그녀의 몸은 너무 길었다. 아무리 팔을 뻗어도 그녀의 엉덩이를 만질 수가 없었다. I는 아무 말도 하지 않았다. 왜 내가 I와 한 침대에 누워 있는 거지? 나는 의문이 들었다. 이 자식아, 침대가 아닌 심판대에 누워서 뭐 하는 짓이냐, 나는 독백을 하는 지경에 이르렀다.

— 야, 너 내가 작아서 이러는 거야? 싫으면 싫다고 솔직히 말해.

나는 결국 참지 못하고 화를 내고 말았다.

— 자기가 싫어서 이러는 게 아니야.

그녀는 자신이 무감각해서 그렇다고 말했다.

— 그렇다면 그건 큰 문제가 아니지.

나는 I의 얼어버린 몸을 녹이려고 이불을 뒤집어쓰고 달려들었다. 그녀는 녹는 척하다가 이내 빙하처럼 굳어졌다.

창밖에는 만년설이 내리고 있었다.

누님과 함께 알바를

좋은 것만을 기억하고 살기로 작정한 다음 날,
그다음 날도 구둣방은 문이 굳게 닫혀 있었다 _ 박인 사진

구두 한 켤레

구두 한 켤레

우리 동네 마을버스 정거장 옆에 반의반 평이나 될까 자그마한 구두수선실에 할아버지가 계셨다. 이름은 모르나 성이 심씨인 그는 흰 수염 주름진 얼굴로 늘 온화하게 웃고 계셨다. 간간이 기침하면서도 온종일 독방 같은 작업실에 앉아 가끔 찾아오는 단골손님을 반겼다. 나는 단골손님은 아니었지만, 어린 시절 하늘나라로 가신 아버지가 생각나서 가끔 들렀다. 족부 의학을 전공한 나는 신발에 관심이 많았다. 맞지 않는 신발을 신어서 생긴 사람들의 아픈 발을 치료하는 직업의식이 발동해서일까. 낡은 구두 굽을 갈고 광을 내는 그의 손바닥만 한 작업실에는 시큼한 막걸리 냄새가 났다. 이십 년 넘게 독방에 앉아 있으니까 지나가는 사람들의 발걸음 소리만 들어도 신발 종류나 걸음걸이를 알 수 있다고 그가 말했다. 걸음걸이를 고치는 게 내 직업이 아니었던가. 나는 묘한 동질감을 느꼈다. 함께 구두병원이라도 차리고 싶은 심정이었다.

"내가 지금 구두를 고치는 게 아니라 사람이 걸어온 흔적을 손보는 거지요."

심 선생은 자랑스럽게 말했다.

이슬비가 추적추적 내리는 날이었다. 아무리 한국에는 없는 발의학을 공부했다손 치더라도 어느 날 갑자기 한국으로 돌아온 나는 실업자가 되었다. 먹고 살기도 힘든데 사람들이 자신의 발을 돌볼 시간과 여유가 있단 말인가. 나라가 국제통화기금에 시달리던 때인지라, 나는 서울에서 밀려나서 변두리 월세방에 살았다. 우산도 없이 집으로 가던 나는 비도 피할 겸 수선실로 들어갔다. 몇 달간 안 닦던 구두도 닦을 겸. 심 선생님, 그런데 비 오는 날 구두를 닦아도 되나요?

"불광을 내면 방수가 되지요."

나는 미안한 마음으로 내 낡은 구두를 벗어 놓았다. 나라는 인간을 지고 밟히느라 구두는 깊은 주름이 지고 바닥은 닳고 닳아 투박해져 있었다. 종일 일자리를 찾아 걸어온 내 구두에서 흙 부스러기가 떨어졌다.

누님과 함께 알바를

"경기가 좋으면 구두가 쌓이고 경기가 나쁘면 길바닥에 낙엽만 굴러다니지. 요즘 구두 코빼기도 보이질 않아."

입구에 주렴이 내려진 좁은 실내 벽에는 윤이 나는 구두들이 주인의 발을 기다리고 있었다. 바닥에는 낡은 구두가 몇 켤레 쌓여 있다. 구두는 저마다 걸어온 사연이 있어서 각자 다른 모양과 생김새로 커다란 입을 벌리고 있다. 머무를 직장이 없는 내 낡은 구두를 보며 자존감이 상하기도 했다. 떨쳐 일어나려고 구두라도 닦았다. 신은 구두의 상태를 보면 그 사람을 알 수 있다지 않은가.

시간이 나면 막걸리 한 병 사 들고 심 선생 구둣방에 가서 그가 살아온 이야기를 들었다. 말수가 적은 나는 이야기를 듣는 편이었다. 술 먹고 여자와 바다로 놀러 간 애기였다.

"제대해서 공장서 일할 때 면회를 온 스물한 살 처녀가 있었네. 나 같은 놈하고 자지 말고 네가 사랑하는 남자하고 자라고 내가 좋게 타일렀지. 겨울 바닷바람 부는데 파도는 거세고 막차는 이미 떠났지."

"그래서요?"

"그래서 그날로 내가 그 처녀의 남편이 되었지 뭐. 우연이 필연이지."

필연이 우연이고. 기회가 위기이고 위기가 기회인가. 한국에 없는 의학을 전공해서 이리 고생을 한단 말인가. 자문하니 발을 의학적으로 돌보는 일이 언젠가는 필요한데 지금은 시기상조란 말들이 돌아왔다. 넘고 건너야 할 벽과 강이 내 앞에 첩첩산중 놓여 있는 느낌이 들었다. 벽에 맨 몸으로 부딪혀 쓰러지고 물에 빠져 죽을지언정 넘고 건너야 했다. 돌아오기 전 안정된 직업과 병원 일에 자부심을 느꼈었다. 시간을 거슬러 돌아갈 수는 없었다. 그런 생각을 하며 온종일 돌아다니다가 집으로 돌아왔다. 방문 앞에는 어느 거리에서 주인보다 먼저 인기척을 내었던 신발 세 켤레가 가지런히 누워 있었다. 아내와 아들과 딸은 잠들어 있다. 욕심을 버려야 한다는 화두를 가지고 싸웠다. 배가 고플 지경으로 뭔가를 좀 더 많이 버리고 나면, 스스로 성숙한 인간인 것처럼 느껴지는 건, 아직 덜 버렸기 때문인가. 낡은 구두를 신고 끼니 걱정을 하며 단칸방에 살면서 무엇을 더 버리란 말인가.

답답하면 심 선생을 찾아갔다. 그를 찾아가 그렁그렁한 그의 음성을 들으면서 스스로 마음을 치유하는 버릇이 생겼다. 그날따라 심 선생은 연신 기침을 하면서도 농담을 했다. 바닥에는 굽이 부러지고 구두코가 까진 하이힐이 누워 있었다.

"이 하이힐 주인공은 식탐이 심하지. 연애에 도가 텄는지 늘 애인이 달라. 나는 내 마누라가 내 첫사랑인데. 내일

지구가 망한다면 하던 일 멈추고 사랑하는 사람과 마지막 포옹을 해야지 않겠나."

"늘 건강하시고요. 건강검진 받아보세요."

그의 기침 소리를 들으며 내가 말했다.

"너무 들어서 귀에서 피가 날 지경이야. 그리고 이것을 받게나."

심 선생은 내게 검은 비닐봉지를 건넸다. 열어보니 구두 한 켤레가 들어 있었다.

"돈 많은 놈이 버리고 간 구두를 새것과 다름없이 내가 고쳤네. 그래도 명품이야."

"아, 이건 할아버지가 신으셔야……"

내가 어쩔 줄 모르고 엉거주춤 서 있자 그가 말했다.

"내가 폐암 말기야. 세상이 변하려면 빨리 죽을 수 있는 사람이 많아지는 게 좋은 거지. 자네도 늘 좋은 것만 기억하게."

좋은 것만을 기억하고 살기로 작정한 다음 날, 그다음 날도 구둣방은 문이 굳게 닫혀 있었다. 그때마다 내가 들고 갔던 막걸리는 내 목구멍으로 넘어갔다. 심 선생이 준 명품구두 대신 나는 여전히 내 발에 익숙한 낡은 구두를 끌고 다녔다.

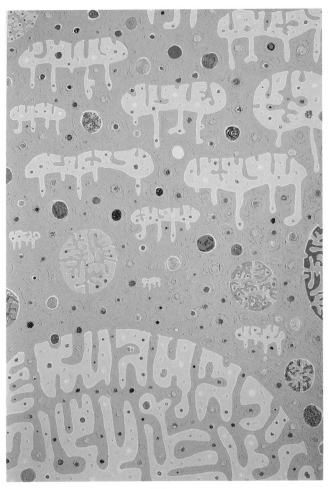

『Free Soul I』 890×1300㎜, Acrylic _ 박인 그림

그날의 나타샤

그날의 나타샤

겨울 눈바람이 옆구리를 파고드는 저녁 무렵, 나는 홀로 섬에 갔다. 추위를 녹일 한 잔 술과 따뜻한 사람들이 보고 싶었다. 나의 반쪽인 나타샤가 사라지자 나는 황량한 이 툰드라 동토에 혼자 남겨진 것처럼 비장했다. 외로움은 느낄수록 커지고 참을수록 작아지는 것. 낮에는 미친 사람처럼 그녀를 찾아다니다가 밤이 오면 작은 골방에 처박혀 지낸 지 한 달이 흘렀다. 사라진 나타샤를 수소문하다 지쳐서 마지막 등불이라도 들고 뭍에 오른 심정으로 섬에 들른 것이다. 섬은 나타샤가 자주 가는 술집이었다.

지상의 섬은 물 위에 있으나 그곳 섬은 지하에 가라앉아 있다. 어두운 조명 아래 주인장이 펑키 음악을 듣고 있었다. 검은 옷을 입은 미망인 여주인은 파리해진 나를 보며 다가왔다. 안면이 있는 술꾼 두 명이 손을 들고 인사를 했으나 나는 건성으로 웃어주었다.

나는 섬 주인에게 물었다.
"나타샤 여기 왔었어요?"

"아니 왜? 그녀가 또 도망이라도 갔니?"

나는 검은 외투를 벗고 구석 자리에 앉아 보드카 한 병을 시켰다. 점심식사 반주로 소주 한 병을 마신 후라 독주 몇 잔에 취기가 올라왔다. 눈발이 굵어지고 있었다. 나는 상념에 빠졌다.

보이는 것과 실제는 너무 다를 수 있었다. 나타샤가 그랬다. 겉은 멀쩡한데 속은 곪아 터지기 직전이거나 겉은 후줄근해도 속이 알차거나. 하여간 나타샤는 양성애자였다. 나는 직관을 믿지 않았지만, 눈을 돌릴 때마다 내 동공에 보이는 그 세계가 돌아갔다. 눈을 내리깔면 그 세계가 내려갔다.

그녀와 동거하는 동안 내 동공에서 지진이 일어나기도 했다. 매초 수십 번씩 일어나는 지질학적 지진과는 다른 마음의 흔들림, 질투였다. 그 질투는 호수의 파문처럼 잔잔하게 일기도 하고 격렬한 불꽃처럼 타오르기도 했다. 나타샤를 사랑하기 위하여 양성애를 인정하면 되는 일이었다. 그녀가 사랑한 다른 여자나 남자가 그녀 주위를 감싸고 소용돌이치는 꿈을 꾸면 나는 질투에 눈이 멀 지경이었던가. 아니면 그녀는 미동조차 보이지 않지만 나만 흔들리는 것은 아니었던가. 당신의 시신경 세포와 뇌 신경세포 다발들의 정보처리가 미숙한 것은 아니었던가. 사실 나타샤가 다른 여자를 나보다 더 사랑하고 있다고 고백했을 때 나는 미치기 일보 직전이었다.

시기와 질투 어린 눈을 감아버리고 아기가 처음 빛을 보듯이 나타샤를 보아야 한다고 다짐했었다. 그러나 순수한 마음으로 두 여자의 사랑을 인정하고 물러날 수는 없었다. 나타샤는 나라는 남자와 사랑에 빠지는 걸 더 원하지 않는 것일까.

"나는 끊임없이 사랑이라는 실수를 반복하는 게 싫어. 똑같은 사랑을 고백하고 내가 좋아하는 똑같은 음식, 음악, 영화, 미술작품, 여행과 모든 자질구레한 똑같은 이야기를 매번 말해야 하나? 나에 대해 반복적으로 까발리고 상대가 나를 이해하고 사랑해주기를 기다려야 하나? 사실 여자가 더 좋아. 내가 좋아하는 노래와 입맛을 알고 있는 사람은 내가 행복에 겨운 눈물을 흘리는 이유를 알겠지. 내가 어린 시절을 어떻게 보냈는지 알고 있는 사람과 가족이 되고 싶어. 나의 일부분 또는 전부를 다시 이방인이 될 사람에게 줄 수는 없잖아. 가장 사랑했던 사람이 가장 낯선 자가 되는 걸 나는 더 견딜 수 없어."

나타샤는 메모를 남기고 떠났다.

눈발은 푹푹 깊어지고 나타샤는 그녀의 새로운 애인 델마와 검은 가죽 코트를 펄럭이며 섬으로 왔다. 나타샤를 보고 나는 자릴 박차고 일어섰다. 나타샤는 외마디 비명을 지르고 이내 덩치 큰 여자가 앞으로 나섰다. 코걸이와 귀걸이가 동시에 흔들렸다. 팔뚝 문신을 흔들며 나를 노려보며 말했다.

"여기서 한 판 뜰까? 밖으로 나갈까?"

나는 기가 막혀 실실 웃음이 나오면서도 나타샤를 살폈다. 그녀는 델마 뒤에 숨어 있었다. 사냥꾼에게 쫓기는 사슴의 눈빛으로 나타샤는 나를 바라보았다.

"이보세요, 남자가 여자하고 무슨 싸움입니까. 다치기 전에 비켜요. 나타샤와 할 말이 있으니까."

나는 가죽 코트를 밀치고 나타샤의 팔을 잡고 끌어당겼다. 무릎을 꿇고 돌아와달라고 애걸복걸이라도 해야 했다. 그 순간 섬의 문이 열리면서 열 명은 족히 넘는 사람들이

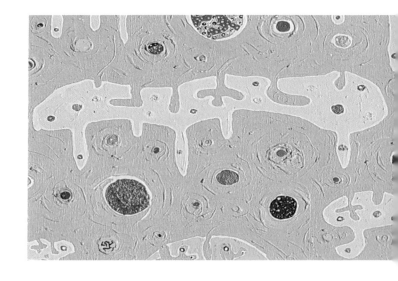

들어왔다. 하나같이 스모키 메이크업에 코걸이를 하고 가
죽점퍼를 입었다. 더러는 군화를 신고 야구방망이와 체인
을 들고 있었다.

　팔에 문신을 한 델마는 그들 무리의 우두머리였다.

　"오빠, 도망쳐!"
　나타샤가 내게 속삭이듯 말했다. 실연의 아픔으로 몸무
게가 십여 킬로 줄어든 나는 싸울 기력이 없었다. 모든 유
행가가 나의 신세를 한탄하는 노래처럼 들렸다.

　"여기서 다투면 안 돼."
　"사람들끼리 사랑하는 것은 좋은 일이지만 이건 아닙니

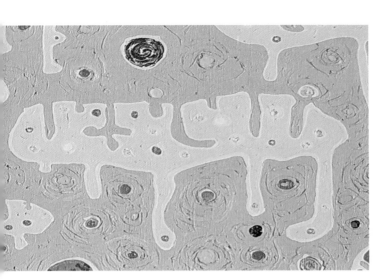

다."

　말한 순간 주먹이 날아왔고 나는 잠깐 혼절했다. 나타샤
는 어디로 간 것일까, 그녀는 다시 사라졌다.

　그 섬에 들어가면 모두 가라앉았다. 심연의 늪이 섬 안에
있었다. 발이 빠지면 손이 나와 발목을 거머쥐었다. 사랑
이 아니라 그 뭐라도 섬에 빠지면 살아나오기 힘들었다.
손아귀를 뿌리치고 빠져나오려면 술이 필요했다. 현실을
잊어버리기에 독주만 한 것이 있던가. 한 병이면 흠뻑 취
해 날아오를 수 있다. 상실감에 포획된 그날 이후 나는 유
령처럼 나타샤를 찾아 섬으로 갔다.

그해 5월 20일, 그가 태어난 날, 최루탄 연기가 피어오르는 K시에서 편두통이 집단으로
발생한 사례가 있었다

알다시피 지구에 살면서 중력을 무시하고 살 수는 없는 노릇이다

중력을 거슬러 미니 캡슐을 타고 그의 뇌 속으로 들어갈 볼 수 있을까 _ 박인 사진

그날의 두통에 관한 소견

그날의 두통에 관한 소견

성명: 박인

생년월일: 1980년 5월 20일

주소: 지구 행성 북위 36.7도 동경 127도

진단명: 중력 기원성 두통

상기인은 남성 신규환자로 금일 진료시 원인불명 두통을 호소하였다. 그가 처음 진료실에 들어설 때 그의 목은 바로 선 자세에서 열두 시 오 분을 가리키고 있었다. 병력 청취와 진찰을 통하여 경추 기원성 두통으로 진단하였다. 경추는 목등뼈로 일곱 개가 있고 주요 신경은 여덟 개이다. 통증은 주로 척수에서 나오는 여덟 개 주요 신경과 갈라진 작은 신경 주변에서 발생할 수 있다. 이런 두통의 원인은 아직 완전히 밝혀지지 않았다.

그의 경우, 최근 집안 문제로 아내와 자주 다투었으며, 스마트 폰을 자주 들여다보는 중독에 가까운 습관이 있다고 말했다. 그의 구부정한 척추가 만곡된 형태를 보면, 고개를 숙이고 무언가를 집중해서 들여다보는 나쁜 자세가 두통에 이바지했을 것이다. 이러한 나쁜 자세는 뇌의 압력에 문제를 일으킬 수 있다. 머리 내부 압력이 낮아지면 중력으로 인해 뇌가 움직이면서 두통이 발생하는 것이다.

무거운 머리 무게로 인한 중력이 자라목에 걸리고 이것이 두통의 역학적 기전일 것이다. 알다시피 지구에 살면서 중력을 무시하고 살 수는 없는 노릇이다. 우리 은하계를 비롯한 우주 전역에 중력 법칙이란 거스를 수 없는 신의 영역이다. 중력과 싸워서 이긴 인간은 아직 보고된 바가 없다. 중력에 저항하는 자는 결국 아프다가 종내에는 영구히 드러눕기 마련이다. 그러므로 목등뼈에서 기원하는 두개골 통증은 중력에 대항하려는 어리석은 인간에게만 발생한다고 말할 수 있다. 증상은 주로 목 주변 근육이 뻣뻣해지고 어깨가 천근만근 무거워지고 심하면 편두통으로 이어진다. 그는 머리를 가볍게 만들어야 했다.

그해 5월 20일, 그가 태어난 날, 최루탄 연기가 피어오르는 K시에서 편두통이 집단으로 발생한 사례가 있었다. 계엄령 하인 그날, 시민들은 등화관제하고 불안에 떨었다. 그의 어머니는 이불 속에 누워 거북이처럼 머리를 몸통 앞으로 빼고 공영방송 텔레비전을 보고 있었다. 그는 어머니 태중에 있었고 산달이었다. 텔레비전에서는 공수부대가 폭도를 진압하고 있었다. 학생과 시민들이 곤봉에 맞아 넘어지고 머리가 깨졌다. 놀란 그의 어머니는 갑자기 양수가 터졌고 산통이 왔다.

당시 그의 아버지는 행방불명 상태였다. 전날 출근한 사람이 돌아오지 않고 있었다. 남편을 걱정하던 산모는 산통과 함께 그를 낳은 후 극심한 두통을 느꼈다. 이 두통이 그의 어머니에게서 복중 태아인 그에게 전달될 수도 있음을 의심한다는 그의 진술은 과학적 근거가 없다. 이런 의심이 생길 정도로 그의 머리는 깨질 듯이 아팠다. 그는 머리를 식혀야 했다.

그의 주관적 의견을 따르자면, 그의 두통은 두개골이 포용할 용량을 초과하는 온갖 정보와 지식에 의해 발생한다는 점이다. 사실 그는 회사 동료들 모르게 공무원시험을 준비 중이었다. 공무원시험에 합격해서 사표를 내던지고 떠날 생각이었다. 공무원시험 경쟁률이 높은 이유는 회사는 망할 수 있어도 나라는 좀처럼 망하지 않는다는 믿음 때문이었다. 낙타가 바늘구멍을 통과하는 입시공부에 허덕이는 수험생에게 두통 발병률이 높아지는 이유이기도 하다.

남자보다 신경이 예민한 여자가 뇌 신경계의 민감성이 고조되면서 발병빈도가 높을 수 있다. 아직 가설에 불과한 이 이론은 공부 시간이 길수록 무거워지는 앞머리를 지탱

하는 목덜미가 스트레스를 받다가 결국 두통을 호소하는 수험생들 경험에 바탕을 두고 있다. 세상 모든 시험을 준비하는 입시생들은 묻는다. 돌처럼 무거운 머리를 가볍게 하는 약물은 없는가. 약이 있다면 꼭 알고 싶고 사고 싶다는 소비자 욕구가 넘치고 있다.

인간 뇌의 잠재적 능력이 발휘되면 언젠가 두통이라는 증세는 사라질 것이다. 현재 지구의 중력으로 인해 뇌의 무게는 언제나 목등뼈에 걸린다. 중력에 대항하려면 머리는 자꾸 써야 한다. 무거운 머리를 쓸 때 로댕의 생각하는 사람처럼 턱밑에 손을 괴는 방법이 중요하다. 앉아서 잠을 잘 때조차 일곱 개 목등뼈를 조심하라. 생각이 달아나는 머리란 단두대에 목을 들이미는 꼴이랄까. 칼날이 목을 내리치는 순간 죽은 자는 두통을 느낄까.

그가 생각하는 사이 목 등에서 시작한 통증은 눈이 빠질 것처럼 눈두덩으로 옮겨간다. 동통은 이후 앞머리에서 머물며 지끈거리다가 옆머리로 퍼지는 편두통 양상을 보인다. 그는 하루빨리 공무원시험에 합격하여 지옥에서 탈출하고 싶지만 사실 이것은 미봉책이다. 알다시피 그가 앞으로 가정에서 학교에서 국가에서 치러야 할 시험은 한 번으로 끝나지 않을 것이다. 오죽하면 시험에 들지 말게 해달라고 기도를 하겠는가.

회사에서도 그는 풀어야 할 난제들이 많았다. 부하직원들은 만년 대리인 그의 지위를 늘 위협했다. 그가 야근해서 제출한 매출계획서를 과장이 자기 이름으로 발표했다. 전반기 영업실적이 나빠진 이유는 그의 능력이 모자란 탓이었다.

　그의 어머니는 그를 세상으로 밀어내면서 폭도들이 선량한 시민일지도 모른다고 의심했다. 그의 아버지처럼 착한 사람이 폭도들에 가담할 리가 있겠는가. 이런 어지러운 심리상태는 그대로 태아에게 전해진 게 틀림없었다. 무슨 세상 소식이 그리도 궁금했던지 그는 쏜살처럼 자궁을 빠져나왔다. 중력 때문에 간호사 라텍스 글러브에서 미끄러져 머리를 바닥에 처박았다.

　세상에 나오면서부터 척추를 손상당한 그는 목을 가누기 힘들었다. 그러므로 그의 두통은 해부학적 손상을 당한 목등뼈 때문에 발생한 것일 수 있다. 중력을 거스르는 일은 무모한 짓이다. 그는 저세상으로 당장 돌아갈 수 없는 존재일 뿐이다. 하물며 그의 아버지는 지금도 어디에 있는지 모른다.

　목등뼈에 무리를 주는 생활습관도 문제였다. 어깨를 구부리고 목을 앞으로 빼서 컴퓨터 화면을 들여다보는 탓에 그는 앉은키가 줄어들었다. 그는 머리를 돌리지 않고 눈치로 사무실 돌아가는 풍경을 그릴 수 있었다. 부장과 과장이 수군거리는 소리를 고개를 숙인 채 알아들을 수 있었다. 부하직원이 그의 뒤통수를 노려보는 것을 보지 않고도 느낄 수 있었다.

그는 머리가 쑤셨다. 상사 동료 부하직원들은 그의 등뼈를 노트르담 꼽추처럼 휘게 했다. 그러므로 그의 두통은 스트레스가 준 병이라고 말할 수 있다. 컴퓨터와 스마트폰이 준 병이라면 회사에 대한 예의가 없는 걸까. 넘치는 수험정보와 참고서가 준 병이라면 그저 머리 아픈 생각에 불과할까. 외상과 관련이 없고 생활습관에도 문제가 없다면 정밀검사를 해야겠다.

그는 기억을 더듬어보았다. 며칠 전 벌어진 대대적인 부부싸움이 떠올랐다.

내가 소인가 풀만 먹게, 그는 반찬 투정을 했다.

과장 월급 좀 가져와 봐. 그놈의 고기 실컷 먹어보게, 그의 아내가 말했다.

고…… 공무원이 되면 게…… 게임 끝이야. 제기랄, 그는 갑자기 공무원이 된 것처럼 말했다.

벌써 몇 년째 공무원 타령이야. 공무원이 아무나 그렇게

누님과 함께 알바를

쉽게 되나 보지, 아내가 싸움을 걸었다. 자존심이 상한 그는 눈알이 돌고 머리가 깨질 듯이 아프기 시작했다. 게거품을 물고 시작한 아내와의 말싸움이 끝나자 그는 거실 소파에서 새우잠을 잤다. 태아처럼 웅크리고 하룻밤을 지내고 나니 목이 뻐근했다. 하루 이틀 그렇게 잔 것도 아니라서 대수롭지 않게 넘어갔다. 의자 팔걸이가 박달나무라서 밤새 머리통이 배겼다. 새벽에 깨어난 그는 다시는 아내와 싸우지 않으리라 다짐했다.

날씨가 후텁지근하다가 비가 내리고, 저기압이면 그의 어머니는 돌아오지 않는 아버지를 생각했다. 그때마다 어머니는 머리끈을 질끈 동여매고 드러누웠다. 어디 계신 것일까. 아버지가 생각나면 이상하게도 강한 비린내가 그의 코를 찔렀다. 살아 있는 물고기 머리를 자르고 회를 뜨면 풍기는 비리고 짠 바닷냄새가 났다. 편두통이 생겼다. 도대체 그의 머리는 왜 이리도 무거운 것일까. 그의 두통은 나아질 기미가 보이지 않는다.

향후 영상의학적 검사를 하여 그의 목등뼈 부위의 변화를 관측할 것이다. 약물 처방, 후두신경 차단술과 근막통 주사 등을 시행하여 통증을 조절하자 30% 이상 통증이 감소하였다. 그러나 이명, 어지럼증과 얼굴통 등이 남아있어 일상생활이 불편한 상태이다. 경추 물리치료도 시행하였다. 두통은 끈질기게 남아 그를 괴롭힌다. 수십 년이 넘도록 그의 아버지는 어디에 있는 것인가. 그의 어머니는 돌아오지 않는 아버지를 언제까지 기다릴 것인가. 이 지구라는 벗어날 수 없는 세계에 사는 인간을 끌어당기는 중력은 모든 두통거리의 원인인가.

환자의 제반 증상들이 복합적인 원인에 기인한 것으로 생각하여 지속적인 추적관찰이 필요하다.

그럼에도 불구하고 두통이 만성적으로 지속한다면……

중력을 거슬러 미니 캡슐을 타고 그의 뇌 속으로 들어갈 볼 수 있을까.

20XX년 5월 18일 주치의

누님과 함께 알바를

그 판에서는 학생이나 빵끼칠쟁이나 젊거나 늙거나 노가다. 그러니까 막노동꾼이었어

박지우 사진

누님과 함께 알바를

누님과 함께 알바를

정말 응칠이가 또 감옥에 갔어? 응칠이는 내가 잘 알지. 이 친구야, 글쎄 내 얘길 먼저 들어보라니까. 응칠이를 만난 것은 뺑끼칠을 할 때였어. 그 판에서는 학생이나 뺑끼칠쟁이나 젊거나 늙거나 노가다, 그러니까 막노동꾼이었어. 걸친 옷이 곧 신분을 드러낸다고나 할까. 멀쩡한 놈도 작업복 입고 한 손에 깡통 들고 뺑끼 붓을 드는 순간 뺑끼칠쟁이가 되는 거지. 양복 입고 뺑끼칠 할 수는 없잖아? 정신줄 놓지 않고서는 말이지. 뺑끼칠이라는 게 몸으로 때우고 군말 없이 오야지가 주는 일당이나 받으면 되지. 물론 땀으로 목욕할 정도로 열나게 일해야지.

군대 제대 후 복학하려니까 등록금이 이만저만 올랐어야지. 가세는 기울어 혼자인 모친은 입에 풀칠하기도 힘들지, 우선 시급 알바를 구했는데 생활비도 안 되는 거야. 돈

벌이는 시원치 않고 몸만 축나는 꼴이었지. 이렇게 일하다가는 대학 졸업은커녕 중도 하차해야 할 판이었지. 당시에는 대학물만 먹어도 '배운 놈' 취급했어. 물론 노가다판에서는 말이지. 등록금을 벌기 위해 푼돈 벌이 알바를 버리고 페인트칠을 배웠지. 어차피 가진 것은 몸뚱이뿐이었으니까. 이학년에 복학하기 전 겨울방학부터 본격적으로 뛰어들었어. 사포로 가구 표면을 문질러 붓질이 잘 먹게 다듬고 헤라로 벽면에 퍼티를 먹이는 데모도가 되었지. 대학생이란 놈이 기특하게 막일을 해서라도 살아보려는 자세를 높이 산 오야지 눈에 들었던 거야.

기술자 도장공이 부르면 한걸음에 달려가 사다리를 붙들고 있거나 페인트통을 18층 꼭대기까지 옮기거나 하는 곁꾼 일을 먼저 했지. 거기서 웅칠이를 만났어. 팔뚝에 뱀 한 마리가 감겨 있고 등에는 용이 승천하는 문신을 한 놈이었지. 멋있는 놈이었지. 나이는 나와 동갑인데 열 살은 더 먹어 보였지. 교도소에서 갓 출소한 몰골이었어. 언제라도 여차하면 빵으로 돌아갈 눈빛으로 껌을 씹다가 연신 세상 엿 같다면서 침을 뱉었지. 대학생년은 맛있냐? 씨발놈들.

하라는 공부는 안 하고 만날 데모질에 연애질이냐. 세상 참 엿 같네. 한 푼이 아쉽고 연애할 시간조차 없던 내 속도 모르고 떠벌였지. 처음에는 그냥 실없이 웃어주다가 언제 한번 본때를 보여주리라 다짐했어.

그날 우리는 서울 변두리 주공아파트 18단지 건설 현장에서 오야지가 하달한 복도 벽에 수성 페인트칠을 해야 했어. 세 명이 한 팀이 돼서 페인트칠을 시작했지. 페인트통을 헤라로 따고 각자 통에 나누었지. 응칠이는 말통에 담글 롤러에 대걸레봉을 끼우고 있었고 나는 갤런 통에 2리터 정도 담고 사다리를 챙겼지. 그런데 말이야, 아침부터 우리 조에 따라붙은 아줌마가 안 보이는 거야. 문짝 테두리에 테이핑도 해야 되고 갈라진 틈에 빠데도 먹여야 하는데 말이야. 나이는 사십을 넘겼는데 얼굴도 반반하고 몸매도 호리호리했거든.

치마만 둘렀다 하면 눈이 돌아가는 게 군바리나 노가다판 사내들이야. 우리가 보기에는 노가다 일을 하기에는 어울리지 않는 여자였어. 하긴 수건을 머리에 동이고 마스크를 쓰면 얼굴을 알 수 없지. 몸뻬바지나 월남치마 입으면 알 게 뭐야. 아무 데나 퍼질러 앉아도 누구 하나 쳐다보는 사람도 없는데. 옷이 날개라잖아. 일 끝나고 화장하고 뾰족구두에 투피스를 입으면 내 가슴이 설레었다니까. 응칠이와는 현장에서 서로 잘 아는 사이였지. 서로 끌어안기도 하는 사이였지 아마. 내가 그 누님을 애타게 찾자 응칠이가 한마디 했지. 그새를 못 참고 보고 싶냐고. 나는 깡통을 들고 사다리에 올라서서 롤러가 닿지 않는 문짝 모서리와 창틀을 붓으로 칠하고 있었어.

한참 동안 안 보이던 누님이 왔어. 새참으로 막걸리와 빈대떡을 사러 갔다 왔다나. 일하려고 먹을 게 아니라 먹기 위해서 사는 거니까 먹고 하자. 막걸리를 한 잔씩 걸치고 일하면 허리도 안 아프고 기분도 좋았지. 누님이 화장실에 간 사이 응칠이는 아예 웃통을 벗었지. 등짝에 문신한 용이 살아서 승천할 기세로 꿈틀거렸어. 팔뚝과 알통을 감은 뱀이 혀를 날름거렸지. 응칠이가 트림을 하며 말했지. 야, 너 저 여자 맘에 들지. 공돌이 남편이 폐암에 걸려서 먹고 살려고 뻥끼칠 하는 거라고. 공순이 하다가 여기 일당이 좋으니까 온 거야.

 빌려줄까? 응칠이가 침을 뱉으며 물었어. 뭘 빌려줘? 나는 혀끝에 모은 가래침을 더 멀리 날렸지. 이 새끼가 미쳤나. 응칠이 눈이 단박에 뒤집혔지. 너 이리 와. 그렇지 않아도 감방이 그리워서 잠이 안 오는데 오늘 너 죽이고 푹 쉬다가 나와야겠다. 이내 응칠이 주먹이 날아왔고 나는 헤라를 들고 제대로 싸워보기도 전에 널브러졌지. 이걸 그냥 아가리를 변기통으로 만들어버릴까. 청춘이 불쌍해서 내가 참는다. 그 대신 오전에 저기 복도 끝까지 다 마무리해 놓기다. 이 형은 볼일이 있어서 말이다.

 빈 아파트로 누님과 함께 들어간 응칠이는 오전 내내 보이지 않았지. 나는 그 길로 집으로 갈까, 파출소로 갈까 망설였지. 아님 오야지한테 가서 일러바칠까. 나는 그대로 남아서 기회를 엿보기로 했지. 삼 주만 더 일하면 복학할 수 있는 등록금을 벌 수 있었어. 어떻게 얻은 알바인데. 나는 학생 신분을 잠시 접고 막노동꾼이 되기로 작심했어. 무엇보다 등록금을 벌어야 했거든. 응칠이도 자신이 노가다인지 깡패인지 구분하지 못하잖아. 막걸리 몇 통 마시면 다 똑같이 술 취한 노가다꾼이 되는 거지. 그날 저녁 응칠이가 미안하다고 마련한 술좌석에서 누님은 더 예뻐 보이는 거야.

응칠이가 화장실 간 사이에 누님에게 물어봤지. 술 취한 김에 안주 낸다고. 누님, 응칠이하고 친하던데. 응칠이하고 어떤 사입니까? 애인 사이지. 누님은 어느새 붉게 칠한 입술을 우물거렸어. 나랑은 애인하면 안 되나? 나는 취한 김에 한 발 디밀었지. 자기는 머리꼭지에 피도 안 마른 학생이잖아. 학생은 공부해야지. 누님은 내게 핀잔을 주며 혀가 보이게 웃었다.

나는 은근히 부아가 치밀어 올랐어. 아이씨, 학생은 뭐도 없나? 사람 차별하면 안 되지. 그때 내 목소리를 들었는지 응칠이 놈이 황소처럼 내게 돌진하는 거였어. 나도 이번에는 그냥 당할 수는 없었지. 놈의 사타구니라도 걷어차자고 일어섰지. 바야흐로 난투극이 시작될 즈음, 누님이 혀를 차며 한마디 내뱉었어. 꼴에 사내들이라고, 학생 놈이나 삥끼칠쟁이나 하여간에.

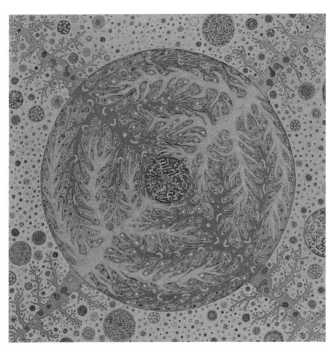

『Mandala I』 1600×1600㎜, Mixed media _ 박인 그림

매일 맞는 남자

매일 맞는 남자

나는 맞는 일이 좋다. 그냥 헛발질이나 허공을 가르는 주먹질이 아니라 제대로 선수들에게 맞는 걸 선호한다. 원하는 부위를 정통으로 맞아야 돈이 된다. 뼈가 부러지고 이빨이 빠지고 살이 찢어져야 견적이 잘 나온다. 빗맞으면 아프기만 하고 멍이나 들 정도면 정말 껌값이다.

내가 맞는 일을 시작한 것은 한 여자 때문이다. 나는 내가 사랑한 그녀를 원했다. 사람들이 가장 좋아하는 사랑, 행복, 꿈이나 가족이 내겐 없었다. 그녀를 처음 본 순간부터 마지막 사랑이기를 간절히 원했다. 알고 있다. 그런 행복이나 꿈은 언제나 '헛된'이라는 수식어를 달고 있음을. 사랑이란 헛되고 또 헛되며 얼마나 무지개처럼 멀리 있는지!

내가 그토록 갈망한 그녀라는 실체는 처음부터 내 생각과는 달랐다. 노력하면 원하는 것을 조금이라도 가질 수 있다고 아직도 떠벌리는 인간이 싫다. 그놈 사랑은 아무리 짜내도 늘 부족했다. 열정을 다 주었지만, 돈이 모자랐다.

그녀에게 인정받으려고 애를 썼지만 여기까지가 한계였다. 돈이 없는 나는 그녀의 유일한 남자가 아니었다. 다른 남자들과 경쟁 관계에 있었다. 그녀 주위를 맴도는 수많은 남자 중 하나에 불과했다.

　그 남자 중 한 명에게 죽도록 맞았다. 자신이 서열 1위라고 믿는 그놈도 실제 서열 3위일 뿐이었다. 서열 4위쯤 되는 나는 자칭 서열 1위를 폭행 혐의로 고소했다. 놈이 합의를 원하자 고소를 취하했다. 허리는 욱신거렸지만, 대가로 받은 합의금이 짭짤했다. 이쯤 나는 사랑에 대해 정의를 하나 내려야 한다. 사랑은 돈을 벌어서 바치는 일이라고. 아니라고 말하는 인간은 더 맵게 살아봐야 안다. 한 남자가 평생 한 여자만을 사랑하는 것이 가능할까. 돈 없이는 불가능하다는 것을 나는 알게 되었다.

　한 여자가 한 남자만을 일생 사랑하는 것은 얼마나 무모한 일인가. 나는 소아병적 시선으로 남녀관계를 바라보았다. 질투는 사랑의 다른 이면일 것이다. 질투를 불러오지 않는 사랑은 속 빈 강정이라 여겼다. 나는 매일 먹잇감을 찾았다. 이번엔 아주 튼튼한 놈으로 골라야 했다. 어느 정도 맷집도 있고 스포츠카를 타며 늘씬한 애인을 가진 놈을 찾아다녔다. 기사도 정신이 투철한 놈이 걸려들었다.

강남 호텔 바에서 황소만 한 덩치를 가진 사내가 주먹다짐을 할 태세로 말라깽이 남자를 노려보고 있었다. 말라깽이는 시간제 대리기사였다.

"어딜 쳐다봐? 여자 엉덩이에 뭐가 묻었어?"

덩치는 제 애인의 튼실한 엉덩이를 뚫어지라 쳐다본 말라깽이 웃는 얼굴에 한방 먹일 태세였다. 사내 곁에는 늘씬한 모델이 잘록한 허리를 감싼 투피스 차림으로 서 있었다. 덩치의 기사도 정신에 모델은 만족하는 눈치였다. 허공에다 흔들어대는 사내 팔뚝을 잡아채며 콧소리를 냈다.

"자기야, 이러지 마. 난 괜찮은데."

말라깽이는 남의 여자 그림자나 좇는 한심한 작자로 보였다.
"예뻐서 나도 모르게 얼핏 봤을 뿐 그게 뭔 대수라고."
어깨를 제법 꼿꼿한 세운 말라깽이가 말했다. 이 말을 들자 질투에 눈먼 덩치는 입에 거품을 물었다.

"야 이 눈깔이 삔 새끼야. 둘만 있었으면 넌 즉시 골로 갔어."

덩치가 쇠몽둥이처럼 생긴 주먹을 흔들어 보였다. 말라깽이는 점점 쪼그라들었다.

내가 끼어들 차례였다.

"아 참, 몸이 정말 예술작품이시던데. 아름다운 여신을 보는 게 무슨 죄인가."

모델이 기가 찬다는 표정을 지었다. 이건 또 뭐야, 뜨악한 표정으로 덩치가 나를 째려보았다.

"다른 남자가 바라볼 정도로 내 여자가 미인이라면 얼마나 좋을까. 그런 눈길을 받는다고 형씨가 애인을 덜 사랑하겠는가 말이야. 바에 왔으면 서로 즐겁게 지내야지. 좋은 친구도 만나고 적당히 마시고 방에 가서 질투를 벗고 몸을 불사르던지."

이번에는 모델이 옅은 미소로 화답했다.

나는 위스키 몇 잔을 마신 후였다. 맞을 각오는 되어 있었다. 이미 일 주일 전 돌려차기로 맞은 갈빗대는 금이 가 있었다. 그제 맞은 이빨은 좌우로 한 개씩 흔들렸다. 이제

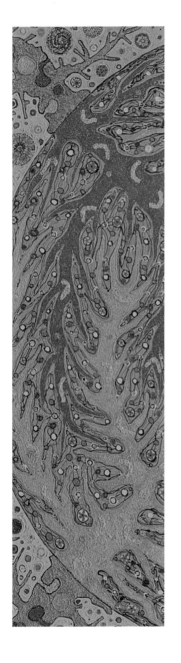

덩치와 여자는 서로 돌아볼 시간이 필요한 거다. 서로에게 이별을 물어볼 시간이 온 것이다. 의사소통과 신뢰의 문제를 서로 짚고 넘어가야 한다. 사람 관계는 늘 정산이 필요하며 진정성에 관한 문제를 동반한다는 사실을 알려줄 참이다. 스쳐 지나가는 사람에게 눈길을 주는 것은 흔한 일이지 않은가. 이제까지 버티고 살아온 세월이 살아나갈 여정을 밝혀주는 등불이 될 것이다. 나는 맞아야 산다.

"형씨 나이가 몇 개인데 이리도 재수가 없으실까?"

나는 덩치의 염장을 지른다.

"네가 알아서 뭐하게 이 새끼야?"

덩치 주먹이 날아온다. 피

한다. 약을 좀 더 올려야 한다.

"네 여자 국 끓여 먹으려고 그런다. 좀 제대로 때려봐, 이 병신새끼야."

덩치는 눈이 풀리고 이성을 잃었다. 무시무시한 덩치의 주먹이 내 안면을 강타했다. 정통으로 맞은 나는 코뼈가 부러졌나 보다. 숨쉬기 곤란하고 보혈이 흘러내린다. 최소 백만 원짜리 펀치였다. 이번에도 덩치는 졌다. 나는 두 손을 내저으며 동업자 말라깽이를 찾는다.

"어이, 말라깽이. 봤지? 경찰 좀 불러. 아니 구급차 불러. 제일 가까운 병원이 어디지?"

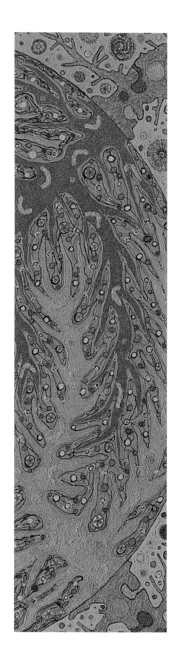

내가 짐승처럼 달려들자 그녀는 뜨악한 표정으로 나를 올려다보았다 _ 박인 사진

울보 Crying baby

울보 Crying baby

늦은 밤 외출했다가 돌아오는 길이었다. 비가 내렸다. 가을비는 내리고 집 문밖에 한 여자가 우산도 없이 고개를 숙인 채 서 있었다. 언뜻 보기에 핸드폰을 들여다보고 있는 줄 알았다. 인기척을 느낀 여자가 고개를 돌리자 나는 순간 얼어붙었다. 비에 젖은 얼굴로 울고 있었다. 그녀는 한기 탓인지 어깨를 떨었다. 회색 통굽 하이힐을 신은 그녀 맨발이 젖어 들고 있었다.

— 제가 지금 갈 곳이 없어요. 난 당신이 누군지 알아요. 오늘 밤만 당신과 지낼 수 있을까요?

그녀의 이름은 C였다. 어처구니없지만 C는 내게 하룻밤을 같이 보낼 수 있는지 묻고 있는 거였다. 하긴 이 정도는 이상한 일이 아니었다. 내가 며칠 동안 겪었던 일에 비하면 말이다. 나는 타인을 괴롭히기 위해 태어난 한 사내를 만났다. 그는 타고난 보험 사기꾼이었다. 처음에는 단순한 차량접촉 사고였다. 음주운전을 한 내 차에 일부러 부딪힌 그는 사람 죽는다고 입에 거품을 물었다. 그는 치료비랍시고 돈을 요구했다. 그 액수가 터무니없이 고액이었다. 나는 소형차를 팔아 치료비를 지급했다. 음주운전이 문제였다. 나는 전과자가 되거나 교도소에 가기 싫었다. 급기야 대출을 받기에 이른 나에게 그는 후유장해가 남을 수도 있다고 협박을 했다.

— 사채라도 끌어다 갚으라니까. 아니면 당신도 발모가질 분질러 줄까?

사기꾼은 피도 눈물도 없었다. 나는 눈물을 흘렸다. 돈이 없다고 무릎을 꿇자 그는 만족스럽게 웃었다.

— 그럼 그렇게 인간적으로 나와야지. 돈이면 다 해결되는 게 아니라니까.

C를 만난 게 그 사기꾼과 헤어진 뒤였다. 소주 한 병을 마신 내게 C는 헤어진 남자친구에게 저주를 퍼부었다.

— 나쁜 새끼. 그런 새끼는 잘라버려야 해.

바람을 피운 전 남자친구한테 뱉어내는 욕설이었다.

— 그래요. 그런 멍청이 돌대가리 같은 놈은 차여도 싸지.

나는 맞장구를 쳤다. 여러 날 동안 나를 짓눌렀던 우울에서 벗어나는 느낌이었다. 집으로 들어온 그녀는 내가 커피를 끓이는 동안 샤워를 했다. 욕실에서 나온 그녀는 무척

누님과 함께 알바를

아름답고 행복해 보였다. C가 가슴에 두른 수건을 떨어뜨
렸다. 알몸이 드러났다. 초점 없는 눈길로 나를 올려다보
던 C는 이내 달려들었다. 다급하게 입맞춤을 하고 입술과
혀를 깨물고 결국은 완력으로 나를 끌어안았다. 헤어진 애
인을 증오하는 C와 사기꾼을 떨쳐내려는 나는 금방 한 몸
이 되어버렸다.

얼마 지나지 않아서 나는 스스로 놀랄 만큼 C에게 익숙
한 남자가 되어버렸다. C의 돌대가리 애인에게 감사라도
표하고 싶은 심정이었다. 울보 C는 하늘이 나를 불쌍히 여
겨 보내주신 게 틀림없었다. 절정에 이르자 극도로 피곤해
진 나는 손가락 하나 움직일 수가 없었다.

숨을 고르던 C는 다시 울기 시작했다. 나는 C를 품에 안
고 다독거렸다. 그리고 속삭였다. 모든 게 다 잘 될 거라

고. 기이한 일이었다. 다른 남자를 위해 울고 있는 여자와 알몸으로 한 침대에 있는 것이 어찌 기이하지 않겠는가. 하지만 별도리가 없지 않나. 여자의 흐느끼는 소리를 자장가처럼 들으며 나는 잠이 들었다 깨어났다.

— 나쁜 새끼. 사내놈들은 다 똑같아.

그녀는 잠꼬대를 했다. 나의 성기는 다시 뜨겁게 부풀어 올랐다. 내가 짐승처럼 달려들자 그녀는 뜨악한 표정으로 나를 올려다보았다. 그녀는 나를 밀쳐내고 중얼거렸다.

— 글쎄, 사내놈들은 다 똑같다니까.

내 몸의 피는 이내 식어버렸다. 이후 소문에 의하면 그녀는 남자라면 고개를 저으며 넌더리를 냈다고 한다. 그 멍청이 돌대가리 남자친구를 제외하고는 말이다.

누님과 함께 알바를

비람이 숲을 흔들자 새들이 울며 날아올랐다 _ 박인 그림

미스 지아이 Miss GI

미스 지아이 Miss GI

신발장 구석에 놓인 검은색 스웨이드 하이힐 한 짝을 보자 J가 떠올랐다. 그날 밤 그녀의 아버지는 정복을 입은 채로 현관문을 열었다. 장군은 나를 내려다보았고 나는 최대한 정중하게 인사를 했다. 그가 눈을 부라리자 몹시 위축된 나는 빌려온 차 키를 떨리듯 흔들며 말했다.

— 저, 장군님. 따님을 모시고 가려고…….
말이 끝나기도 전에 문이 닫혔다. 올해 장군 진급 대상자인 대령에게는 딸만 셋이 있었다. 특히 막내딸에 대한 사랑과 보호는 지나칠 정도인 장군은 자신의 소신인 금남의 집 원칙을 고수했다. 남자는 그 집에 얼씬거리지 못할뿐더러 큰딸만 제외하고 딸들의 연애를 금지했다. 막내딸인 J는 늘 대령의 원칙을 무시하기 일쑤였다. 다시 문이 열리자 그녀 뒤에 대령이 버티고 서 있었다.

— 아버지, 이 분은 미술 실기 선생님이셔.
대령은 고개를 끄덕이며 내 눈을 들여다보았다. 나는 초점 없는 시선으로 빈 들판을 바라보는 허수아비처럼 서 있었다. 대령은 멍한 내 눈을 보자 안심이 되는 듯 문을 닫았다.

— 내 정신 좀 봐. 나 지금 치마 안에 아무것도 안 입었어.
차에 타고 나서 J는 입술을 내 귀에 대고 말했다.
— 오늘은 도망치는 탈영병 놀이 할 거야.

J는 웃었다. 나는 장군의 위수지역으로부터 멀리 달아났
다. 불 켜진 시가지가 내려다보이는 북악 언덕 후미진 곳
에 주차했다. 누가 먼저랄 것도 없이 그녀와 나는 서로를
끌어당겨 안았다. 얼굴과 토르소를 빚는 조소 실기 수업인
것처럼. 그러나 거침없는 실기 시간은 이내 방해를 받았
다.

경찰차가 경광등을 번쩍이며 언덕을 올라오고 있었다.
나는 고개를 숙이고 그녀에게 몸을 더욱 낮췄다. 어서 옷
을 입으라고 J가 속삭였다. 나는 뒷자리에서 운전석으로
건너갔다. 서늘한 가을밤이었다. 김이 서린 앞 유리창을
손바닥으로 문질렀다. 경찰차 불빛이 쏟아져 들어왔다. 윗
도리를 걸치자마자 시동을 걸고 액셀을 밟았다. 내 차의
퇴로를 차단하기 위해 경찰차는 들이받을 기세로 달려와
서 멈추었다. 아버지에게 빌린 스포츠 유틸리티 차량은 5
m도 못 가서 날카로운 브레이크 마찰음을 내고 멈췄다.
바람이 숲을 흔들자 새들이 울며 날아올랐다. 바지를 겨우

누님과 함께 알바를

골반에 걸친 내게로 경찰 한 명이 다가왔다. 서둘러 바지를 올려 입고 차 문을 열고 내리자 젊은 경찰관은 신원확인을 요청했다.

— 여기는 범죄 발생 지역이라 조심해야 합니다. 어제도 옆 동네에 강도 사건이 일어났으니까. 뒤에 계신 분도 신분증 주세요.

— 신분증이 없어요.

웃옷을 미처 여미지 못한 J는 브래지어를 쥔 두 손으로 앞가슴을 가린 채 경찰관이 시선을 다른 곳에 주기를 애원하는 눈빛으로 서 있었다.

그녀는 절뚝이며 걸었다. J는 오른쪽 하이힐만 신고 있었다. (왼쪽 하이힐은 J가 집에 간 후 앞좌석 밑에서 찾아냈다) 기울어진 상체는 걸음을 옮길 때 흔들렸다. 결국, J는 최선책을 썼다. 장군님에게 전화를 걸었다. 상황파악을 끝낸 장군은 서장에게 도움을 요청했고 경찰관은 상황을 종료했다. 화가 머리끝까지 치민 장군이 그다음 내게 무슨 짓을 할지 은근히 걱정되었다.

심사숙고한 결과 나는 용감해지기로 했다. 이 상황에서 잠깐 몸을 피하기로 마음을 굳게 먹었다. 그리고 아직 나는 검은색 하이힐과 도망 중이다.

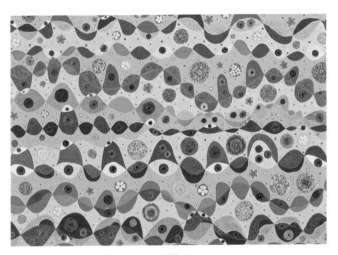

『Tweet』 1120×1620㎜, Mixed media _ 박인 그림

봄날 오 분

봄날 오분

　개나리가 활짝 핀 봄날 오후였다. 군대 가려고 휴학하고 입영일이 일 주일 앞으로 다가오자 시집간 누이는 저녁이나 먹자고 나를 집으로 초대했다. 누이 집은 도시개발이 막 시작되던 서울 변두리 단독주택이었다.

　누이는 저녁거리를 사러 시장에 가고, 나 혼자 안방에 누워 빈집을 지키며 빈둥거렸다. 봄기운이 뻗치는 날, 애인 하나 없이 방구들을 지고 있자니 옆구리가 허전하고 괜스레 부아가 치밀었다. 이런 날은 음악을 크게 틀어놓고 춤을 추거나 공상에 빠져야 제격이었다. 나는 비틀즈와 퀸 음악을 졸면서 들었다.

　갑자기 현관문을 다급하게 두드리는 소리가 들렸다. 정신을 차리고 문을 여니 화사한 원피스 차림을 한 여자가 서 있었다. 삼십 초반으로 보이는 여자는 무슨 화급한 일이라도 닥친 것처럼 문안으로 뛰어들었다. 얼굴도 예쁘고 몸매도 잘 빠진 여자가 내게 말했다.

"동생, 저 좀 숨겨줘요. 내가 이 집 지하에 살아요. 나쁜 놈들이 지금 쫓아오고 있어요. 묻거든 그런 여자 없다고 말해요."

그녀는 내가 누웠던 방안으로 급히 숨어버렸다. 한순간 나는 멍한 얼굴로 서 있었다. 뒤이어 다시 현관문을 발로 차는 소리가 들렸다. 사내 두 명이 서 있었다. 한 사내는 덩치가 곰처럼 크고 다른 사내는 어깨가 다부지고 살쾡이처럼 몸이 날렵했다. 주먹깨나 쓰면서 살아온 듯 험악한 표정으로 내게 물었다.

"여기 젊은 년 하나 들어오지 않았나?"

팔뚝에 용 문신을 새긴 곰이 주먹을 흔들며 반말을 했다.

"무슨 일입니까? 여기 그런 사람 살지 않아요."

나는 어느새 그녀를 보호하고 숨겨줄 책임을 느끼고 있었다. 없던 의협심도 불러와야 했다. 햇살은 내리고 아지랑이는 어지럽게 피어오르는 봄날이었다.

"아 제기랄, 이 집 지하에 살고 있다던데. 당신 거짓말하면 다쳐. 난 성질이 더럽거든, 퉤."

다부진 사내가 침을 뱉고 나를 노려보았다.

"도대체 벌건 대낮에 남의 집에 함부로 들어와 무슨 행 팹니까?"

무단 침입한 주제에 하는 수작들이라니. 나는 드세게 나 갔다. 이번 기회에 두들겨 맞아서 진단서 끊고 병원에 누 워 있는 게 하릴없이 군대에 끌려가는 것보다 훨씬 낫지 싶었다. 그렇지만 맞아 죽을 수도 있는 법. 생각이 여기에 이르자 나는 시간을 벌기로 했다. 남는 건 시간이었고, 나 눠줄 수 있는 것도 시간뿐이었다. 오 분 정도 두들겨 맞거 나 오 분 정도 시간을 벌어서 아름다운 그녀에게 바치는 것은 어떨까.

오 분 안에 사내들을 호기롭게 때려눕히고 그녀에게 개 선장군처럼 다가가는 나를 상상했다. 내 일생에서 오 분이 아니라 오십 년을 그녀에게 바쳐도 아깝지 않을 것 같았 다. 오 분이면 사랑을 나눌 수 있는 충분한 시간이었다. 만 약 그녀가 시간이 있냐고 물어온다면 나는 원하는 만큼 드 리겠다고 답하리라. 봄꿈이라도 꾸는 걸까.

"이 대가리에 피도 안 마른 놈이 기둥서방인가. 너 오늘 임잘 만났다. 그년이 떼먹은 천만 원 네가 갚을래 말래."

나는 곰의 완력에 떠밀려 멱살을 잡히고 담벼락에 오징어포처럼 눌어붙었다. 발길질했으나 허사였다. 곰의 주먹을 명치에 맞은 나는 숨을 헐떡거렸다. 눈물이 핑 돌았다. 정의감 불타는 청춘이 주먹 한번 휘두르지 못하고 제압당한 꼴이라니. 내가 곰에게 눌려 버둥거릴 때, 날렵한 살쾡이는 지하실 문을 따고 들어가서 그녀의 방문을 열어젖혔다. 여우가 발랐네, 살쾡이가 소리쳤다.

그녀는 지금 누이 방에 꼭꼭 숨어 있을 터였다. 부엌 뒷문으로 도망가라고 그녀에게 알려주지 못한 것이 후회스러웠다. 잠시 후 살쾡이는 노트북과 큰 가방 하나를 챙겨 곰과 함께 유유히 사라졌다. 나는 바닥에서 일어나 구겨진 옷매무새를 바로잡았다. 물론 바지춤을 올리며 땅에 떨어진 체면을 바로 세우는 것도 잊지 않았다. 그녀를 위해 두 사내를 쫓아 내보낸 게 그나마 천만다행인 걸 위안으로 삼았다.

여자를 살피기 위해 누이 집 안방으로 들어갔다. 그녀는 거기 없었다. 여자는 만일의 사태를 대비해 건넌방 문을 잠그고 숨어 있었다. 그녀가 서럽게 울자 나는 손수건을 꺼내 건넸다. 여자는 나를 흘겨보더니 매몰찬 손길로 내가 건넸던 손수건을 집어 던졌다. 그리고는 작은 주먹을 흔들면서 내게 말했다.

"애, 너는 싸움도 못 하니? 그러면서도 남자니? 태권도 안 배웠어? 이단옆차기 돌려차기로 놈들을 밟았어야지."

"조……. 조폭들이랑 싸……. 싸워봐야 승산이 어디 있나요."

나는 수치심에 말을 더듬었다.

"내가 남자라면 그 새끼들을 죽일 듯이 패서 골로 보냈을 거야. 허우대만 멀쩡해서 꼴에 남자라고 말대답은 제법 하네. 여자 하나 지키지도 못하면서."

여자는 나를 타박하더니 문을 쾅 소리 나게 닫고는 나가 버렸다. 이 모든 게 오 분 동안에 벌어졌다. 따스한 봄볕이 나를 어루만진 오 분 사이에 말이다. 나는 억울해하며 거실에 멍하니 서 있었다. 위장에서 무언가 비릿한 것이 역류했다. 나는 변기에 머리를 박고 토하기 시작했다. 까닭 모를 눈물이 흘렀다.

어느 연놈이라도 오늘 잘못 걸리면 바로 제삿날이다. 나는 주먹을 쥐고 눈물을 닦았다.

누님과 함께 알바를

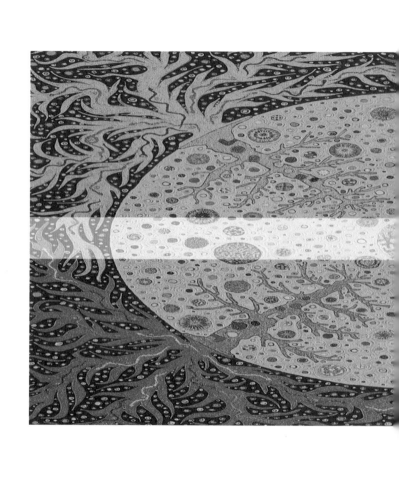

사운드 오브 사일런스

사운드 오브 사일런스

　무더위가 기승을 부린 그해 여름, 대학교 2학년이었다. 나는 적음 형을 따라 청량산으로 들어갔다. 아프리카 우간다에나 있을 법한 어처구니없는 일들이 이 나라에서 일어났다. 이디 아민 다다처럼 군인이 독재자가 되어 광주에서 시민들을 죽였다. 저항하거나 항변하는 자들은 끌려가거나 입에 재갈이 물렸다.

　앞날의 희망이 사라지자 나는 적음의 바랑을 메고 그의 걸음을 따랐다. 청량리에서 완행열차를 타고 봉화역에서 내렸다. 버스를 갈아타고 나는 빨치산처럼 험한 산길을 걷고 또 걸었다. 나를 사랑한다는 여자 후배 B를 데리고 갔다. 일 주일간 적음과 흑석동 개미집과 서울 변두리 술집들을 주유하며 술을 마셨다. 아무리 마셔도 가슴이 타들어가고 답답했다. 분노와 체념이 다스려지지 않았다. 하여 무작정 청량사에 딸린 암자로 들어가기로 한 것이었다.

　바랑 안에는 소주가 스무 병가량 들어 있었다. 그 무렵 나는 다자이 오사무의 『인간 실격』과 박상륭의 『죽음의 한

연구』를 성경처럼 끼고 다녔다. 나는 인간으로선 실격에 가까운 놈이었다. 해독이 어려운 죽음이나 탐미하려는 비관주의자 행세를 마다하지 않았다. B가 나를 좋아한다고 말했을 때 허망했다. 왜? 하필이면 나를 좋아하냐? B에게 물었다. B가 즉시 답했다. 아픈데 아프다고 말하는 게 죄냐고. 세상에 수많은 남자 중에 어쩌자고 나를 사랑했을까. 고백을 받은 날 막걸리를 마시고 엉망으로 취했다. 결혼서약서를 쓴 나는 B를 끌어안고 연못시장 여인숙으로 데리고 가서 잤다. 아름다운 사랑은 없었다. 그렇고 그런 연애 이야기는 많지만, 현실은 녹록하지 않았다. 사람과 사람이 만나면 불꽃이 튀던 시절이었다.

완행열차에 몸을 실은 적음과 B와 나는 소주를 깡으로 마셨다. 누구를 사랑할 능력도 없는, 나 자신을 사랑하지 않는 나를 사랑한다니. 고마운 일이었다. 나는 영장류에 버금가는 미숙한 인간이었다. 나는 인간이 되기 위한 수련이 필요했다. 인간이기를 포기한 짐승들 편에 붙어 잘 먹고 잘사는 자들이 얼마나 많은가. 적음은 스님이기 전에 인간이었다. 그의 인간적 외로움이 내게 전해졌고 나는 그 앞에 무릎을 끓었다. 그를 따르는 수제자가 되고 싶었다.

"형님, 저를 거두어 주세요. 출가하게 도와주세요."
"왜 출가하려는고?"

부리부리한 눈알을 굴리며 적음이 물었다.

"형님과 술친구 하며 수발하려고."

그는 형형한 눈길을 주며 파안대소했다.

"이 새끼 웃기는 놈이네."

사실은 절이든 산이든 처박혀 소설이나 써볼까 궁리하던 중이었다. B가 여자가 아닌 소설이라면 죽도록 쫓아다녔을 것이다. 그런데 만약 소설인 B가 나를 좋아한다고 계속 따라다니면 지긋지긋할 것이다.

적음을 따라 암자에 도착한 나는 소설을 증오했다. 방구석에 굴러다니는 스케치북을 집어 들었다. 나는 응진전이라 불리는 암자 뒤 동양화처럼 펼쳐진 금탑봉을 닥치는 대로 도화지에 옮겼다. 아무리 폭음을 해도 새벽 네 시면 적음은 나를 깨워 응진전으로 갔다. 촛불을 켜도 불당 안은 어두웠다. 목탁을 두드리며 마하반야바라밀다심경을 독송하는 적음을 따라 삼존불상에 새벽 예불을 드렸다. 삼배를 올리는 동안 눈물이 났다. 돌아가신 아버지의 명복을 빌었고 억울하게 죽은 자들을 생각했다.

"보시 중에 최고는 육보시야. 네가 나를 좋아하듯 나도 허물없이 적음을 좋아해. 내가 좋아하는 그를 네가 사랑하면 어떨까?"

나는 B에게 넌지시 말했다.

암자 옆 요사에 들어가서 술과 안줏거리를 챙기는 건 내 몫이었다. 나는 바랑을 메고 도립공원 입구까지 십리 길을 이틀이 멀다 오르내렸다. 밤이면 찌개 안주를 끓였다. 절벽 위 너럭바위에 앉아 소주를 마셨다. 다 마신 소주병은 차례로 절벽 밑으로 던졌다. 병이 깨지면 정적이 엄습했다. 온갖 풀벌레와 새 울음소리가 순간 멈췄다. 흐르는 달빛 아래 귀뚜라미 한 마리가 울었다. 정적을 깨자 기다렸다는 듯 풀벌레와 새들이 온통 야단법석이었다.

B는 인간 실격인 나를 버리고 적음에 갈 것이다. 낮이면 연필과 도화지를 챙겨 들고 무당들이 기도처로 삼은 산정 바위들을 그렸다. 적음은 스님이기 전에 인간이었다. 그 인간성을 위해 나는 적음과 B가 둘이 지낼 수 있기를 바랐다. B는 나만을 사랑한다고 말했다. 나는 코웃음을 치며 사랑 따위는 연연하지 않을 것이라고 말했다. 자존심이 상한 B는 보란 듯이 그에게 갈 것이다. 나는 만나고 헤어짐에 연연하지 않을 것이다. 나는 풀처럼 푸를 것이다. 푸른 나는 술로 몸을 학대했다. 내 육신은 머리를 장식처럼 달고 다녔다. 그 벌을 받을 차례였다.

청량사 주지 스님에게 두 번이나 불려가 훈계를 받은 나

『Mandala Ⅱ』 1600×1600㎜, Mixed media _ 박인 그림

는 보름 만에 산에서 내려왔다. 친구들은 '민중의
땅' 사건 이후 모두 안기부에 끌려갔다. 나는 도
망쳤을 뿐이었다. 어디로 갈까. 만남도 이별도 없
는 곳으로? 하지만 부질없는 일이었다. 죄책감이
들었지만 이마저도 지나갈 일이었다. 봉화역에서
나는 적음과 B를 서울로 올려 보내고 안동으로 가
는 버스를 탔다. B는 적음을 수발했을까. 적음에
보시했건 안 했건 나는 그녀를 떠나보냈을까. 연
연하지 않으리라. 인연을 단칼에 끊으면 깊은 상처

를 남길 수 있다는 사실을 그 무렵 나는 몰랐다.

　대학을 졸업한 해였다. 이민을 떠나기 전날, 적음은 나를 불렀다. 적음 곁에는 보살이 된 B가 말없이 앉아 있었다. 적음은 내게 주발에 소주를 따라주었다. 그것도 가래침을 잔뜩 뱉어서 주었다. 나는 그의 사랑을 받아들고 단숨에 마셔버렸다. 그의 유전인자가 내 뱃속으로 들어오자 몸이 따뜻해졌다. 장식으로 이고 다니던 머리가 핑핑 돌아갔다. 육조대사 혜능의 빙의가 내게 들어와 저절로 읊조리기 시작했다.

　"만나지 말아라. 헤어지기 어렵나니. 헤어지지도 말아라. 다시 만나기는 더 어렵나니라. 그리하여 나는 심심하다."

　후일 한국으로 다시 돌아왔다. 일상에 내쫓기며 홍대 입구 버스정거장으로 걸어갈 때 딱하다는 듯이 나를 쳐다보는 B를 만났다. 나는 한마디 말도 없이 그녀를 보고 어색한 웃음을 주었다. 나는 결혼해서 애가 둘이나 있는 가장이었지만 그녀는 아직 독신이었다. 급히 버스에 올라 그녀를 바라보자 B는 내게 손을 흔들어 주었다.

　　　　　　　　　　　　누님과 함께 알바를

엘도라도 El Dorado

내가 카메라라도 그녀를 좋아하지 않고는 못 배겼을 것이다 _ 박인 사진

엘도라도 El Dorado

그날 나는 로또복권을 사러 갔다가 우연히 E를 만났다. 그 전날 밤 꿈에서 황금 돼지를 보았던 터였다. 농장에 수천 마리 돼지가 우글거렸다. 생활비는 바닥나고 날마다 허기에 시달리던 참이었다. 나는 돼지저금통을 깬 즉시 복권 판매소로 뛰어갔다. 꿈속의 돼지가 나를 부르고 있었다. 폐차 직전인 소형차를 쇼핑센터에 주차했다. 복권이 모두 팔렸으면 어쩌나 걱정을 하며 차 문을 여는데 E가 빨간 스포츠카에서 내리고 있었다.

E의 금색 하이힐이 퍼뜩 눈에 잡혔다.

엄지와 새끼를 제외한 세 개 발가락들이 몸의 중심을 잡기 위해 갈퀴처럼 굽었고, 발등을 가로지르는 장식용 구두 끈은 풀려 있었다.

이어서 긴 다리와 실한 엉덩이가 실체를 드러냈다. 내 고물차 앞에 멈춘 스포츠카는 그녀를 내려놓고 굉음을 내며 사라졌다. E는 일 주일 전 조각 전시장에서 만난 적이 있었다. 차가 가버린 방향을 가리키며 그녀는 말했다.

— 내가 일하는 회사 이사님. 돈은 엄청 많은지 몰라도 그냥 속물.

E는 마침말을 생략하는 독특한 대화체로 말했다.

— 예술가들을 경멸하는 사람. 왜 예술가들은 똥차를 끌고 다니며 시간을 죽이는지 모르겠다는 그런. 그 시간에 그 좋은 머리로 돈을 벌어야 한다는.

E는 웃었다. E는 지역 종합편성 방송국의 연예담당 기자였다. E는 카메라를 사랑했다. 내가 카메라라도 그녀를 좋아하지 않고는 못 배겼을 것이다. 이사란 작자도 또한 별수가 없었을 것이다. 언제 어디서나 뭇 사내들의 눈길을 끌 만큼 E의 외모는 빼어났다. 로또복권은 허황한 꿈일 뿐이었다. 커피 한잔을 마시면서 그녀는 최근에 만난 유명

연예인 이야기를 했고 나는 여러 날 동안 매달리고 있는 작품을 열정적으로 설명했다.

— 아프리카 이슈를 가지고 설치 미술을 기획하고 있어요.

— 예를 들면?

— 기독교가 전파된 나라와 AIDS가 창궐한 지역의 동일성이랄까.

나는 걸작을 만들기 위한 괴로움에다 예술을 하는 외로움을 양념처럼 뿌렸다. 찡그린 내 얼굴이 E를 도발시켰을까. 커피숍 문을 잡고 서 있을 때 E는 내 왼쪽 엉덩이를 꽉 쥐었다 풀어놓고는 속삭였다.

— 아, 가련한 예술가 씨. 무척 굶주렸겠군요. 내 방으로 와요.

나는 따라나섰다. 그리고 다급하게 E의 침대로 몸을 던졌다. 흥분이 가라앉을 틈을 주지 않고 아주 부드럽고 길게 애무했다. E를 가질 방법이 내게는 없었다. 돈도, 직장도, 권력도 애초에 없었다. 그 순간 E는 내게 엘도라도였다. 그녀는 황금이었다. 나는 E가 클라이맥스에 이르도록 기다렸다. 나로서는 오직 섹스를 잘하는 것이 사랑을 증명할 유일한 길이었다. 원하는 것을 얻기 위해서라면 지옥불인들 못 뛰어들겠는가. 열정이 식자 그녀는 말했다.

— 귀여운 예술가 씨. 내 친구들은 남자 친구들이 외국 여행 가라며 항공권을 선물한다는데.

— 조금만 기다려봐. 이번 작품들은 팔릴 거야.

— 자기는 장래가 촉망되는 예술가. 꼭 그런 날이 오기를 기다릴게.

물론 E는 기다리지 않았다. 내게 그런 날이 오지 않으리라는 걸 알고 있었다는 듯 말이다. 가끔 텔레비전에 E가 나오면 나는 황금을 찾아 서부로 떠나는 사내를 그리고 싶은 충동을 억제할 뿐이다. E와 헤어지고 나서 몇 달 동안 나는 작업실에 틀어박혀 지냈다.

왕녀 Princess

P는 우리가 함께할 금빛 미래 청사진을 보여주었다 _ 박인 사진

왕녀 Princess

P는 별 다섯 개를 받은 레스토랑 테이블 아래로 손을 뻗어 내 무릎을 감싸주었다. P의 우아한 손끝에서 온기가 흘러들어왔다. 성감대가 무릎인 내 하체에 전기가 흘렀고 그녀 역시 볼이 상기되어 달아올라 있었다.

P는 내 다리를 파란색 하이힐 앞코로 간질이며 속삭였다.

― 저희 아빠 전용기가 있어요. 너무 바빠서 그걸 사용할 시간이 없는 게 문제지만.

P의 아버지는 재계의 거물이었다. 그녀는 그가 만든 왕국의 외동딸이었다. 항공회사는 물론 식구마다 비행기를 여러 대 소유하고 있다고 해서 문제가 될 것은 없었다. 시쳇말로 금수저를 입에 물고 태어난 것이다.

— 파리에 빈집이 한 채 있는데 오빠 작업실로 쓰면 안성맞춤일 거예요.

애써 냉정한 척했지만 나는 벌어진 입을 다물지 못했다. P는 계산하고 화장실에 다녀왔다. 몹시 당황한 목소리로 내게 말했다.

— 저 제가 아파트 열쇠를 잃어버렸나 봐요. 오빠 작업실에 같이 가면 안 될까요?

안될 이유는 없었다. 그녀는 이미 도시 여기저기에 수많은 빌딩을 소유하고 있지 않은가. 열쇠꾸러미가 필요하다면 관리인이 언제든지 가져다줄 것이었다. 나는 작업실로 향하는 택시에서 침묵을 지켰다. 돈으로 예술작품을 구매

할 수는 있어도 예술가는 사고파는 물건이 아니었다. 치열한 예술가의 정신은 매매 대상은 더욱 아니었다.

P는 우리가 함께할 금빛 미래 청사진을 보여주었다. 들으면 들을수록 그녀가 냉혈동물처럼 느껴졌다. 내게 그녀의 왕국은 너무 멀었다.

위성도시 외곽에 있는 허름한 작업실에 도착했을 때 나는 쓰러진 자존심을 일으켜 세운 후였다. P는 문안으로 들어서자마자 내 목을 끌어안았다. 나는 그녀를 가볍게 뿌리쳤다.

— 미안해. 너랑 이런 거 할 기분이 아니야.

어리석게도 나는 솔직한 감정을 드러냈다. P를 향해 나는 한마디를 덧붙였다.

— 내 침대에서 자도 되지만 아무 일도 일어나지 않을 거야.

자존감에 내상을 입은 P는 조용히 물러났다. 나는 3인용 소파에 모로 누워 잠든 척하며 그녀가 가기를 기다렸다.

P가 빠져나간 후 천천히 일어나 창문 옆에 서서 밖을 내다보았다. P를 태운 검은색 리무진이 어둠 속으로 사라졌다.

오포는 직업을 갖더라도 밤보다는 낮에 일하는 직업을 갖겠다고 결심했다 _ 박인 사진

청년 오포 100대1 구직기

청년 오포 100대1 구직기

100대1이야.

일차 서류면접을 통과하고 이차 구두 면접장에서 누군가 속삭였다. 면접번호표를 가슴에 달고 청년 오포는 대기실에서 기다리고 있었다. 그는 강한 인상을 주려고 눈썹에 힘을 주고 목소리를 가다듬기 위해 헛기침을 하였다. 식은 땀이 등줄기를 타고 흘렀다. 지긋지긋한 이 구직전선에서 하루빨리 탈출해야 했다. 취직되면 쪼들린 생활에서 벗어날 수 있을 터였다. 뒷바라지하느라 등골이 빠진 그의 아버지는 허리병으로 드러누워 있다.

자식이 서울 소재 대학에 다닌다고 자랑을 일삼던 어머니는 아파트 청소부였다. 오포는 살아남기 위해서 일을 해야 했다. 스물여덟, 경쟁에 내몰린 청춘. 하필이면 하고 많은 나라 중에 이 땅에 태어났을까. 그는 어린이집과 유치원에서 유년기를 보냈다. 초중고 학창 생활은 책상에 오래 붙어 있는 훈련의 연속이었다.

대학에 가기 위해 선택했던 재수 1년. 자존감은 바닥을

쳤다. 그리고 대학 생활을 2년 마친 후 군대에서 2년을 보냈다. 아르바이트와 취업 준비로 보낸 복학생 생활. 등록금 마련하려고 보냈던 휴학 1년. 지금은 절벽 끝에 선 구직 2년 차였다. 제발 합격해서 새 출발 하자, *그는* 주먹을 불끈 쥐었다. 오포가 모두 스물다섯 차례 면접을 보는 날이었다. 번호가 호명되자 그는 다른 구직자들과 함께 면접실로 들어갔다.

"아버지 뭐 하시나?"

여러 질문과 대답이 오간 끝에 면접관이 심드렁하니 물었다. 오포는 구직과 아버지 직업과의 상관관계를 생각했다. 사실 그의 아버지는 무직이었고 투병 중이었다. 연줄과 집안 배경을 묻는 덫에 걸려 그는 숱한 고배를 마셨다. 천국 문 앞에 설치된 부비트랩이랄까. 아버지는 전직 국세청 차장 정도는 되어야 마땅했다.

"농부입니다."
그는 거짓과 잔머리를 굴리는 대신 정공법을 택했다. 100대1인데.

"또 떨어지면 우린 어쩌지? 제발 선의의 거짓말이라도 해봐."

지난해 대기업에 입사한 여자 친구의 조언을 생각했다. 그녀 아버지 역시 현직은 무직이었다. 전직은 그녀가 취업한 대기업 임원 출신이었다. 그녀의 어머니는 한때 장관의 딸이었다.

"자기만 취직하면 우리 결혼해."

여자 친구는 말했다. 취직 못 하면 결혼은 꿈도 못 꾼다. 구직이 어려워지자 그녀는 떠나버렸다. 사랑조차 물 건너갔다.

정말 일하고 싶습니다. 무슨 일이든 정말 열심히 할 수 있습니다. 돈을 왕창 벌어다 줄 인재가 여기 있다고요, 청년 오포는 외치고 싶었다. 면접관은 그의 스펙은 거들떠보지도 않았다.

"우리가 보기에 오포 씨는 일할 준비가 아직 안 되어 있어요."

턱선이 날카로운 젊은 면접관이 말했다.

"남들 다 가는 해외연수도 안 갔다 왔네요. 그 흔한 자격증도 없고 말입니다. 요즘엔 변호사나 회계사 자격증도 넘쳐나요. 석박사 따고 노는 사람도 부지기수야. 게다가 영어는 물론 제2외국어도 기본이고 말이에요."

일하고 싶으면 수련을 더 쌓으라는 말이었다. 당장 기획서를 잘 쓸 수 있는 인재도 중요하지만, 무엇보다 오포라는 인간이 회사가 원하는 잣대에 맞아야 했다. 그것만으로는 부족했다. 오포라는 인간을 생산한 부모도 평가대상이었다. 업무 능력만 있고 '빽'이 없으면 우리 회사 입사하기가 그리 쉽지 않을걸, 하는 얼굴로 면접관은 그의 출신 배경을 훑어 내렸다. 오포는 면접관의 메마른 얼굴을 바라보았다.

100대1이라고. 눈을 내리깔게나. 어디선가 환청이 들리는 듯했다. 목이 마르고 갑자기 허기가 졌다. 100대1 경쟁을 뚫고 대학물을 먹었는데.

"아직도 생활비 타령이니? 엄마 용돈은 언제 줄 거니? 아빠 병원비 대기도 힘들어서 그래."
어머니는 한숨을 쉬며 오포 핸드폰에 하소연했다.
"사지가 멀쩡한 사내놈이 어디 가서 막노동해서라도 돈을 벌어야지."

형은 그의 전화를 초장에 끊어버렸다. 오늘 당장 먹을 쌀이 떨어졌다는 얘기를 미처 하기도 전이었다. 그는 형에게 먹을 준비가 아니라 일할 준비가 되어 있다고 말하려고 했다.

변한 것은 없었다. 벽은 높고 꽉 막혀 있었다.

일자리를 부족하게 만든 자는 누구인가. 원하는 일과 주어진 일이 다르게 만든 자는 누구인가. 오포는 생각했다. 앞으로 사막이나 광야에서의 직업 체험이 아직 남아 있었다. 광야는 취업 길잡이 마지막 살신성인 코스였다. 중동 현장에서 무보수 노예 체험을 곁들인 코스였다. 오직 상상력 하나로 만든 이 코스를 마친다 해도 전도가 유망한 것도 아니었다. 이 가시밭길을 택한 청년은 손에 꼽을 만했다. 오포는 직업을 갖더라도 밤보다는 낮에 일하는 직업을 갖겠다고 결심했다. 석 달간 했던 편의점 심야 아르바이트 후유증은 두통과 위경련 증상으로 남았다. 매일 라면을 끓여 햇반 하나를 말아 먹었다. 죽기 살기로 해봐야 몸만 상할 뿐이었다. 생존경쟁에서는 언제나 이겨야 했다. 그래야 행복하게 살 수 있을 것이었다. 구직 확률을 높이기 위해 오포는 온갖 자격증 취득과 실무경험을 더 쌓아야 했다. 구직전선에 뛰어든 오포는 오직 회사에 필요한 인재가 되겠다고 다짐했다.

"100대1일이라니까. 어차피 스카이도 아닌데 눈을 낮추라고."

대기업에 다니는 친구의 충고였다. 오포는 아랑곳하지 않았다. 고액 연봉을 받는 직장을 다니는 것이 오포가 바라는 삶이었다. 그래야만 학점과 취업 준비에 치였던 대학 생활과 부모님 등골을 파먹었던 등록금에 대한 보상이 이루어질 것이었다. 그는 인턴에서 출발하여 돈과 명예가 보장된 정상에 서고 싶었다.

"이제부터는 일당백이야!"
면접을 마친 청년 오포는 회사 정문을 나서며 외쳤다. 점심시간이었다. 거대한 흑갈색 도심 건물들은 정장 차림으로 각이 잡힌 남자들과 여자들을 토해내고 있었다. 그는 아침을 걸러 배가 고팠다. 오후 아르바이트 시간에 늦을까, 지하철역으로 향했다. 어깨에 힘을 주고 싸울 기세로 걸어가면서 그는 오가는 미래의 원수들을 하나씩 노려보았다.

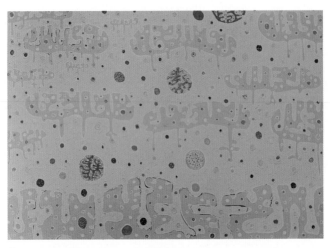

『Free soul Ⅱ』 890×1300㎜, Acrylic _ 박인 그림

토카타와 푸가 BWV565

토카타와 푸가 BWV565

그날 누가 먼저 접시를 깬 것일까. 접시와 그릇이 깨지며 튀어 오른 음식이 벽면과 식탁 위에서 추상화처럼 널브러져 있었다. 파멸을 예고하는 몇몇 사건이 지나갔다. 어느 순간 아내는 내 손을 밀어내고 포옹을 피했다. 나 역시 아내와 몇 마디 마지못해 대화를 나눌 뿐이었다. 서로 잠자리를 멀리했다. 그녀와 내가 주인공인 초현실적 연극 한 편이 막을 내리기 직전이었다. 누가 먼저 갈라서자고 할 것인가. 결혼이라는 비극적 아포칼립스가 막을 내리고 각자 제 갈 길을 가야 할 때가 온 것이었다. 사랑은 서로에게 용인된 것이었고 이별은 서로에게 용서된 것이었다. 서로 다른 성격을 각자 다듬고 길들이지 못했다. 날을 세워 상처를 주었을 뿐이다.

권투로 치면 좋은 스파링 상대였던 셈이다. 가볍게 혹은 빠르게 시작해서 무겁게 혹은 느리게 끝이 나는 싸움. 스트레이트 훅훅 하다가 스트레이트 어퍼컷을 날리는 싸움. 연습이라고 절대 봐주는 거 없는 싸움. 실전이었다. 가끔 싸움이 싫어 피할 때도 있었다. 궤도를 이탈하여 링 밖에

서면 막무가내로 손가락질하거나 비웃는 버릇만 생겼다.

"내가 지금 당신을 비난한다고 생각해요? 난 지금 불평을 늘어놓는 거라고요. 비난은 인간을 공격할 수 있지만, 불평은 당신 버릇을 고치려는 거야. 당신은 나갈 때 한 번도 쓰레기봉투를 버리지 않았어. 주말에는 아이를 돌보지도 않았지. 머리가 나쁘고 게으르고 피곤해서가 아니라 원래 나쁜 사람이기 때문이지."

"제발 여왕처럼 굴지 마. 내가 쉰네 정신으로. 예, 왕비마마 분부대로 거행하겠습니다. 이럴 줄 알았지?"

"내가 얼마나 힘든지 알아? 너는 자유롭게 살고 난 그림자처럼 무시당하는 느낌이야. 월급보다 카드청구서가 많은데 이 핑계 저 핑계 사탕발림하다가 결국 입을 닫고 아무 말도 안 하잖아."

"뭔가 잘못되어 가는데 아무것도 알 수 없는 거야. 이런 기분을 알아? 나도 여기저기 치이고 힘들어. 주변에 있는 모든 사람과 모든 것들이 나를 날카롭게 만들어. 한마디로 사는 게 스트레스고 지옥이지."

"그럼 지옥에서 스트레스 받기 때문에 바람을 피운 거니?"

10년 전, 내가 처음 본 아내라는 여자의 눈에는 비극이 담겨 있었다. 사랑에 치이고 음독을 한 후 병원에서 퇴원

한 후였다. 한 여자를 이렇게 만든 놈을 찾아가 칼침을 놓고 싶었지만 무슨 이유로? 성배를 바라보듯이 나는 그녀를 바라보았다. 호수에 어린 하늘을 보듯 닿을 수 없는 거리에서 그녀를 돌봐주었다. 그 시절 나는 여성을 숭배하였다. 그러나 지금 사랑하는 이여, 어느 시인의 말대로, 나는 당신을 사랑하지 않습니다. 나는 어떤 여자도 사랑하지 않았습니다, 이런 심정만 남았다. 좋은 사이가 있다면 나쁜 사이도 있는 법이었다. 적어도 내가 아는 세상은.

그날 나는 단지 겁을 주려고 이혼서류를 들고 와서 작성하였다. 아내는 이틀 전에 집을 나가 아직 돌아오지 않았다. 나는 핸드폰 전화번호 목록을 보고 최근에 결별한 친구에게 전화를 걸었다. 친구의 말을 요약하면 다음과 같다. 이혼 행렬에 합류한 대열에는 법칙이 한 가지 있었다. 먼저 여자 얼굴을 보고 혼인한 자들은 다들 헤어졌다. 얼굴만 바라보고 살지는 못하는 것이다. 그리고 여자 마음만을 보고 혼인한 사내들은 얼굴에 반해서 한 이들보다 더 먼저 헤어졌다. 여자가 변하자 망설일 여지가 없었다고.

이혼서류를 작성하고 아내가 쓸 내용만 남겨 두었다. 아내의 전번을 누르려다 말고 대신 소주를 한 컵 따라 들고 소파에 앉았다. 평소 손에 들고 있던 리모컨도 귀찮았다. 뭔가 잘못되어 가는데 정말 아무것도 할 수 없었다. 그날 그날 하루치 난장판이 줄을 서는데 누구의 잘못인지 확실하게 밝히지 못하는 지옥의 묵시록이 시작되고 있었다. 나는 절대 권위적인 남자가 되고 싶지 않았다. 차라리 그놈의 권위에 침을 뱉을지언정. 소주 한 컵을 들이켜면서 뭐라 뭐라 헛소릴 하다가 나는 잠이 들었다. 배가 고파 분명 밥을 하고 있었는데 다섯 시간 동안 나는 의식불명이 되었다. 잠깐 앉아 쉰다는 것이 그대로 쓰러져 잠든 것이다. 머리는 깨어 있어도 몸은 잠을 원하고 있었다. 모래알 같은 밥을 입안으로 넣고 꾸역꾸역 씹었다. 아내가 끓여주던 북엇국이 그리웠다. 가슴 한편에서는, 나도 당신이 만든 북어 국물처럼 시원하고 진한 사람이어야 하는데. 국물도 없는 사람이 되어서야 쓰겠어,라는 말이 치밀어 올랐다.

　그날 나는 꿈을 꾸고 있었다. 산다는 일이 단꿈이고 깨어나지 않으면 얼마나 좋을까. 꿈속에서 나는 한 여자를 보았다. 왕국을 물려받은 여왕이었다. 그 여자 눈에서 싸늘한 레이저가 발사되고 있었다. 그 바람에 겨울제국에 사는 모든 사람과 실물들이 얼어붙고 있었다. 나는 따뜻하게 살고 있는 가족을 보고 싶었다. 그 여왕이 아내로 바뀌었고 나는 그녀의 치맛자락이라도 붙들고 애원하고 싶었다.

지리산 골짜기에서 서울로 가는 여비를 마련해야 했다 _ 박인 사진

한국은행권 수난사

한국은행권 수난사

산은 깊을수록 푸르다. 깊고 푸른 산골로 들어가 세상을 등지고 홀로 살던 나는 어느 날 문득 사람이 그리웠다. 지리산 골짜기에서 서울로 가는 여비를 마련해야 했다. 태어나서 처음 소설을 써서 원고료를 받았다. 부지런히 써도 한 달 수입이 10만 원을 겨우 넘었다. 지인들이 보내주는 쌀과 지천으로 널린 나물과 약초를 캐서 근근이 사는 데는 지장이 없었다.

사실 돈이 필요 없었다. 내가 돈을 멀리했는지 돈이 나를 피해 달아났는지 모르겠다. 분명한 것은 내가 돈보다 더러운 법 없이도 살 수 있으니 돈이 무슨 대수랴, 했다. 가끔 헤어진 연인을 그리워하는 사람처럼 한국은행권이 절실하기도 했다마는 뜬구름과 산바람에 잡념을 흘려보내면 그뿐이었다. 은하수 아래 벌거벗고 서면 빈부귀천이 무슨 소용이란 말인가.

한 달 동안 단편소설 한 편을 겨우 써서 받은 돈이 30만 원. 정승처럼 쓰리라 마음을 먹고 서울로 가는 버스에서 머리로 가계부를 쓴다. 10만원을 여비와 식비로 책정하고 10만원으로는 그동안 친구들이 치른 술값을 이번에는 기필코 갚으리라 다짐했다. 그러고도 남은 10만원을 가지고 청계천에 가서 중고 음반 몇 장을 사고 밑반찬도 사기로 하였다.

나름대로 청산에 살던 나는 서울의 인파에 적응하기 어려웠다. 도망간 여자나 처절한 시인 몇이 보고 싶어서 올라왔지만 이렇게 많은 사람과 차와 건물과 그것들이 만들어내는 소음으로 인해 골머리가 지끈거렸다. 매캐한 미세먼지를 마시며 청계천과 낙원상가에 들러 조앤 바에즈와 요절한 가수 음반 몇 장을 샀다. 이 세상을 건너가는 동안 음악이 나를 위로해 주지만 술보다 더 나은 친구가 어디 있다는 말인가.

서둘러 마포로 가서 작가들 회의를 구경했다. 나처럼 하릴없이 강 건너 불구경하는 술친구 둘을 불러냈다. 해가 떨어지자 오늘 받은 따끈한 원고료로 소주 한잔을 사겠노라 큰소릴 쳤다. 원고료로 술을 마신다는 오래된 전설을 듣자 작자 넷이 내게 달라붙었다. 허름한 횟집으로 들어갔다.

산에서 풀만 먹다가 오랜만에 먹는 광어회와 소주는 혀

에 착착 달라붙었다. 에라 모르겠다, 술이 들어가자 한층 기운이 오른 나는 회 한 접시를 더 주문하고 술을 마구 시켰다. 먹다 죽은 귀신이 되고 싶었다. 배부른 귀신은 때깔도 곱다지 않은가.

"맘껏 먹어라."

나는 호기롭게 소릴 질렀다. 내일이나 언젠가는 손에 쥘 원고료를 미리 당겨서 먹자는 심보였다. 취한 시인 친구가 술집 주인과 서비스가 엉망이라고 말싸움을 하는 사이 한 작자는 한오백년을 불렀다. 술집 주인 사내는, 젊을 때는 주먹깨나 썼는데 이젠 참는다 참아, 구시렁대며 이빨을 내보였다. 위생 관념이 없는지 콧구멍을 후빈다.

배탈이 난 나는 화장실로 갔다. 볼일을 보고 물을 내리기 전 바지 주머니에 넣어둔 비상금 5만원을 꺼내다 변기에 빠뜨렸다. 물을 내림과 동시에 손을 넣어 돈을 꺼냈다. 물에 대충 씻어 다시 주머니에 집어넣었다. 친구들이 집으로

가고 혀가 꼬부라진 시인과 내가 남았다. 근황은 물어보나 마나 전업 시인은 차비조차 없어 보였다. 안 받겠다는 손사래에 우선 만 원짜리 두 장을 쥐어주고 남은 술 마지막 한 방울까지 마셨다.

나를 버리고 도망간 여자를 용서했지만, 술을 남기고 사라지는 작자들은 용서할 수가 없다. 생활력이 떨어진 남자를 두고 돈벌이에 능한 사내를 따라가는 여자를 욕할 수는 없지 않은가. 결혼식 날짜까지 잡고 방송국 작가 생활을 하며 꿈을 키워가던 시절이었다. 술은 여자처럼 나를 아직 버리지 않았다.

"김유신은 천관녀를 찾아간 자신의 애마를 왜 죽였을까?"
시인이 말했다.
"대의를 위해 사랑을 헌신짝처럼 버리는 게 사내의 모습이니까."

내가 말했다.

"아니야. 그놈의 백마가 암말인데 천관녀의 발정 난 수놈 말에게 넘어간 게야."

시인이 말했고 나는 허전한 듯 웃었다.

시인마저 집에 가고 나는 계산을 해야 했다. 20만원이 넘게 나왔다. 나는 카드를 내밀었다. 잔액 부족이라고 결제가 나질 않았다. 몇 번의 시도 끝에 얼굴이 붉게 물든 주인 사내가 입에 거품을 물기 시작했다.

"돈이 없어? 글을 쓰고 뭐고 개나발을 불더니 겨우 이 꼴이냐. 하여간 말 많은 새끼들 치고 제대로 정신이 박힌 놈을 보질 못했다니까."

기어코 나는 멱살을 잡혔다. 여기서 행패를 부리다 장렬하게 전사할까 하는 생각은 잠시였다. 오래지 않아 건장한 청년 둘이 들이닥쳤다. 다짜고짜 허리춤을 양쪽에서 잡고 여차하면 날아올 주먹을 흔들었다.

"카드 비밀번호 대. 이런 놈은 경찰에 넘겨봤자 무전취식으로 금방 풀려나지. 순순히 말로 할 때 불어. 죽기 전에."

"살려주세요."

나는 카드 비밀번호를 불었다. 그중 하나가 은행단말기를 찾아 술집 밖으로 뛰어나갔다. 무슨 계산 착오란 말인가. 분명 은행에는 돈이 있어야 하는데……

돈을 찾으러 간 청년이 의기양양 돌아왔다.

"1800원 남기고 겨우 18만원 찾았어요. 나머지 오만원 정도는 수중에 있겠지? 주머니 까봐"

"네. 여기 있어요."

나는 똥물에 젖은 돈을 바지 주머니에서 꺼내 공손하게 내밀었다.

"아, 진즉 이렇게 해결했으면 오죽 좋아. 잘해 드릴게 다음에 또 오세요."

술집을 나와서 노숙자 몰골로 지하철 입구로 걸어가는데 나도 모르게 입에서 청산별곡 노래가 흘러나왔다.

얄리얄리 얄라셩 얄리얄리 얄라셩.

얇디얇은 빈 지갑을 바지 뒷주머니에 넣고 앞으로 살아갈 날들을 헤아려보았다. 청산은 나더러 푸르게 살라고 하지만 과연 어디까지 마냥 푸르게 있겠는가. 당장 나는 지하도에 사는 천관녀를 찾아 하룻밤을 구걸해 보리라.

얄리얄리얄리 얄라셩 얄리얄리 얄라리얄라.

쓰는 인간에게 쓰는 일은 곧 숨을 쉬는 일이며 길을 걷는 일이다
_ 박인 사진

호모 스크리벤스

호모 스크리벤스

그는 쓰는 인간이다. 쓰는 인간이지만, 부르는 대로 받아 쓰거나 남의 것을 베껴 쓰는 인간이 절대 아니다. 그는 소설을 쓴다. 그는 어려운 소설을 쉽게 쓰는 인간이 아니다. 작가에게 쉬운 소설은 없다. 누가 단편 하나를 하룻밤에 썼다는 거짓말을 풀면 갑자기 감자를 먹이고 싶어진다. 소설은 삶을 통찰하는 창이라고 믿는 그는 소설을 기록한다. 쉬운 소설은 애초에 없다고 믿기에 어렵게 쓴다.

그의 두터운 뿔테 안경에는 사실주의자의 시선이 삶의 창을 넘어 꿈틀거린다. 구도자적인 자세로 쓴 소설에는 철학적 사고와 끈질긴 집념이 있다. 그는 소설을 쓰기 전에 철학책을 읽는다. 이 땅에 사는 보통 인간들에게 결핍된 부분이다. 그는 소설과 사투를 벌인다. 쓰고 지우고 처음부터 다시 쓰기를 밥 먹듯이 해치운다. 쓰는 일을 위해 먹고 자고 마신다. 소설 쓰는 일을 최우선에 두기에 먹고 사는 일이 거추장스러운 경지에 이른 것이다.

초점을 소설에만 둘 수 없는 나는 지금도 입에 풀칠하며 먹고사는 일이 중한 일이다. 나는 일 중독증에 빠져 있었다.

어느 날, 심신이 탈진 상태인 나는 서울 어느 창작촌에 머무는 그를 찾았다. 돈벌이 때문에 내 몸의 정기는 고갈되었다. 정신이 온전하지 않았다. 폐병이 찾아오고 밤마다 몸은 불덩이가 되었다. 상처투성이 마음을 달래려고 술을 마셨다. 술이 술을 부르고 목마름은 이어졌다. 나는 드디어 불치병에 걸린 것이다. 내 증세를 살피니 돈도 사랑도 치유할 수 없어 보였다. 신내림을 받아야 낫는 무병처럼 소설병에 걸린 것이었다. 한 줄기 빛을 따라 나는 쓰는 인간에게 갔다.

"나야 나, 인이야."

"오, 그래. 잘 지냈어?"

"이게 이십 년 만이냐?"

"별일 없었지?"

"별 볼 일 없었어."

"술이나 한잔할까?"

술을 마시며 내 증상을 이야기하니 그가 처방을 내린다.

"그래 써라. 써야 낫는다."

그가 충주 강변 거의 폐가에 가까운 오두막에 살 때 방문한 적이 있다. 무덤가 빈집이었다. 묵은쌀 몇 킬로와 플라스틱 통에 담긴 곰팡이 핀 된장이 그가 먹는 전부였다. 그나마 바닥이 보였다. 집은 대문도 없이 허물어지고 있었다. 마른 잡초가 수북한 작은 마당에는 뿌리를 드러낸 나무둥치들이 쌓여 있었다. 그는 산과 마을에 버려진 나무를 주어다 아궁이에 불을 지펴 방에서 겨울 냉기를 밀어냈다. 전기와 수도마저 끊긴 그 집에서 겨울을 보낸 그는 피골이 맞닿은 상태였다. 글을 쓰는 귀신처럼 보였다.

"아이고 여기서 어떻게 살았어?"

"그냥 살았어. 소설만 쓸 수 있다면야."

죽음도 두렵지 않을 것이다. 순간 나는 지조 높은 선비의 귀양살이를 떠올렸다. 그중 가장 가혹하다는 위리안치. 궁벽한 전라도 산골 유배지나 섬의 귀양지에서 달아나지 못하도록 탱자나무로 높은 울타리를 만들고 가두는 형벌과 다름이 없다. 다른 점은 누가 가둔 것이 아니라 본인 스스로 독방으로 걸어서 들어갔다는 점이다.

침낭과 이불로 만든 동굴이 썰렁한 방 한가운데 놓여 있다. 그 동굴 앞 머리맡에 작은 책상이 있고 불빛을 주고 남은 양초가 책상 위에 붙어 있다. 봄이 오면 그나마 씀바귀 쑥부쟁이 야생미나리를 캐서 된장국을 끓일 수 있었다. 입에 풀칠하면서 버티지만, 한겨울엔 머리맡에 놓은 자리끼가 얼어붙을 지경이었다. 이불을 쓰고 앉아서 언 손으로 자판을 두드리는 그는 한기가 느껴지면 한밤중이라도 일어나 불씨를 살렸다.

추위와 외로움에 몸서리치며 소설을 쓰는 그는 곧 성인의 반열에 오를 것처럼 보였다. 친구들은 그가 그 쥐꼬리만도 못한 작가들 평균소득을 더욱 낮추는 인간이라고 농담한 반 걱정한 반 거들기도 한다. 천만에 그는 눈 하나 깜짝하지 않을 것이다. 그는 소설만 잘 써진다면 지옥에라도 기거할 인간이다. 적어도 내가 아는 그의 모든 삶은 쓰는 일에 맞춰져 있다.

그는 소설과 결혼했으며 소설 쓰는 장소가 어디든 그곳이 직장이다.

껍데기 몸을 벗고 내 영혼이 사망의 음침한 골짜기로 떠난 후에도 소설은 유언처럼 남아 있을 것이기에 그처럼 나도 쓰는 인간이 되고 싶었다. 그 후로 몇 편의 단편소설을 쓰니 내 병세는 한결 좋아졌다. 다시 거짓말처럼 사랑하고 죽음처럼 술을 마시니 병이 재발하곤 한다. 고질병이란 대체로 생활습관이 만든다. 그가 써준 처방전을 기억하고 운기 조신 책상에 앉아 무엇인가 긁적이면 증상이 완화되고 잠깐 기분이 좋아진다.

쓰는 인간에게 쓰는 일은 곧 숨을 쉬는 일이며 길을 걷는 일이다. 사상이 소설을 못 쓰게 한다면 그는 이데올로기를 버릴 것이다. 버리지 못하면 붙잡고 설득할 것이다. 사랑이 소설에 장애가 되는 시점에 그는 사랑을 피해 어느 산골로 들어갈 것이다. 혼자 소설과 씨름판을 벌이고 있을 것이다. 그는 술이 얼큰해지면 줄리 런던이 부르는 'fly me to the moon'을 따라 부른다. 가슴 아픈 사랑 이야기를 반달로 보내고 오지 않을 미래도 만월로 보낸다.

예수가 자신의 행적에 주석을 달았던가. 부처가 가는 길을 설명하며 갔던가. 주석과 설명과 변명은 쓰는 사람의 일이 아니라고 본다. 기록하듯 각인하듯 한 문장씩 써나가는 길이 내 앞에 놓여 있다. 소설가! 나는 그의 뒤를 따른다. 아아, 호모 스크리벤스(homo scribens)여!

친구에게 들은 소문이 맞는다면 V는 수녀가 되었을 것이다 _ 박인 그림

성처녀 Virgin

성처녀 Virgin

이탈리아 식당 '몽로'에서 친구 소개로 V를 만났다. 그녀는 몸에 착 달라붙는 레깅스에 가슴골이 보이도록 파인 브이넥 티셔츠 차림이었다. 나는 눈을 어디에 두어야 할지 난감하였다. 테이블에 놓인 손톱은 인조보석으로 화려하게 치장되어 있었다.

나는 고개를 숙이고 V가 신고 있는 흰색 하이힐을 자꾸 내려다보았다. 푸른 실핏줄이 발등으로 흘러내렸다. 하얀색은 야한 그녀와 어울리지 않아 보였다. 내 눈길이 닿은 무릎을 조금 벌린 그녀는 이왕 볼 거라면 확실히 보라는 눈치였다. V는 부끄러워하는 내가 귀엽다고 했다. 외양은 부드럽지만, 내면이 강한 사람을 좋아한다고 했다. 나는 원래 얌전한 타입을 좋아하는지라 적극적인 그녀가 선뜻 마음에 들어오지 않았다.

사랑은 맥주 한잔에 달렸다. V가 내 마음을 앗아간 것은 맥주 한잔 덕분이었다. 알코올을 받아들인 내 몸과 마음은 V를 따라 흘렀다.

— 첫 키스를 언제 했어요?

V는 아예 나를 숙맥으로 알았는지 황당한 질문을 했다.

— 셀 수도 없어요.

나는 부러 딴청을 부렸다. V는 내 어깨에 손을 얹고 깔깔 웃었다. V가 웃자 가슴골 사이에 숨어 있던 십자가 목걸이가 보였다. 더불어 그녀의 목은 빛이 났다. 순간 나는 흡혈귀가 성스러운 처녀의 목에 이빨을 박고 피를 빼는 영화 장면을 떠올렸다. 맥주 두 잔째였다. 두 잔을 넘기면 내게는 치사량이었다.

누가 먼저랄 것도 없이 우리는 여관방으로 들어갔다. 술김에 V를 품에 안았다. 옷을 벗고 그녀 다리 사이로 들어가 조금 과격하게 공격하기 시작했다. 전투가 끝나자 비릿한 피비린내가 났고 나는 부상병처럼 쓰러졌다. 정신이 든나는 샤워실로 간 그녀에게 물었다.

— 어때요? 좋았어요?

V는 물을 틀며 회의에 찬 목소리로 대꾸했다.

— 아, 예. 잘 모르겠어요. 첫 경험이라서.

마지막 말은 물소리에 잠겼다. 벌떡 일어난 나는 V가 누웠던 자리를 더듬었다. 비릿한 냄새를 풍기는 피였다. 나는 물소리에 섞인 기도 소리를 들었다.

"은총이 가득하신 마리아 님, 기뻐하소서! 주님께서 함께 계시니 여인 중에 복되시며 태중의 아들 예수님 또한 복되시나이다……"

틀림없는 기도였다. 나는 두 손으로 내 머리카락을 부여잡고 쥐어뜯기 시작했다. 친구에게 들은 소문이 맞는다면 V는 수녀가 되었을 것이다. 사실이라면 나는 얼마나 큰 죄를 지은 것인가.